Korea Godfather

코리아갓파더

Korea Godfather
코리아 갓파더

1판 1쇄 찍음 2014년 1월 7일
1판 1쇄 펴냄 2014년 1월 10일

지은이 | 정사부
펴낸이 | 정 필
펴낸곳 | 도서출판 **뿔미디어**

편집장 | 이재권
기획 · 편집 | 윤영상
편집디자인 | 이진선

출판등록 | 2002년 9월 11일 (제1081-1-132호)
주소 | 경기도 부천시 원미구 상동로 117번길 49(상동) 503호 (우)420-861
전화 | (032)651-6513 / 팩스 (032)651-6094
E-mail | bbulmedia@hanmail.net
홈페이지 | http://bbulmedia.com

값 8,000원

ISBN 978-89-6775-988-9 04810
ISBN 978-89-6775-518-8 04810 (세트)

BBULMEDIA FANTASY STORY

Korea Godfather

코리아갓파더

$\diamond 5 \diamond$

정사부 현대 판타지 소설

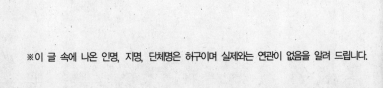

contents

1.
언터처블(untouchable)

서해의 이름 모를 섬, 태양이 하늘 높이 걸렸다.

뜨겁게 작렬하는 태양 아래 젊은 남자들이 구슬땀을 흘리며 뭔가를 하고 있었다.

"하나! 둘!"

다른 사람들보다 높은 연단 위에서 한 남자가 구령을 하면 그에 맞춰 상체를 벗은 젊은 남자들이 열심히 행동을 하였다.

그런데 구령에 맞춰 움직이는 이들의 모습이 특이했다.

대한민국의 서해에 있는 섬에 외국인으로 보이는 건장한 남자들이 동양인으로 보이는 남자들과 섞여서 함께 하고 있었기 때문이다.

"그만! 오전 일과는 이것으로 마친다."

단상에 있던 교관의 말이 끝나기 무섭게 운동장에 있던 사내들은 그 자리에 주저앉았다.

참으로 별거 아닌 동작들을 무한 반복하고 있는 것이지만, 사내들은 언제나 일과가 마칠 때쯤이면 온몸의 힘이 풀려 버렸다.

'제길, 아무리 해도 적응이 안 되네.'

에릭슨 중령은 조금 전 교관이 있던 자리를 잠시 돌아보다, 자신의 주변으로 모여드는 부하들을 향했다.

부하들이 자신의 곁으로 걸어오는 것을 보자 언제 그랬냐는 듯 자리에서 일어나 팔다리를 흔들며 몸을 풀었다.

마치 '나는 아직 힘이 남아 있다.'라고 부하들에게 시위를 하듯 그런 행동을 했다.

하지만 그런 행동을 하면서도 에릭슨은 속으로 힘들다는 생각을 하고 있었다.

이곳에 온 지도 벌써 1달이 되어 가지만, 다른 것은 다 적응이 되었으나 방금 한 느릿느릿한 체조는 적응이 되지 않았다.

솔직히 에릭슨이나 그의 부하들 중 몇 명은 건강 체조라고 불리는 중국의 태극권을 배웠다.

이는 중국의 유명한 액션 배우 때문에 한때 미국에 태극권이 유행한 적이 있었다.

에릭슨도 그때 영화를 보고 태극권에 반해 배웠었다.

하지만 중도에 그만두었는데, 그건 태극권이란 것이 생각보다 쉽지 않았기 때문이다.

그리고 태극권의 특성상 성격이 급한 편인 태극권은 성미에 맞지 않았다.

그런데 그에 버금갈 정도로 느릿느릿한 무술을 배우려니 정말로 적응이 되지 않았다.

하지만 그렇다고 중도에 포기할 수는 없었다.

자신이 배우는 것의 값을 치르기 위해 군에서는 한국에 5억 달러나 되는 엄청난 예산을 투입했다.

더군다나 자신의 상관인 머독 장군의 지시가 있었기에 어떻게 해서든 많은 것을 알아가야만 했다.

그런데 에릭슨은 처음 이곳에 와서 깜짝 놀랐다.

자신은 잘 모르지만 작년 세계 특수부대 경연 대회에 다녀온 동기에게서 엄청난 인물에 관해 들었는데, 그 소문의 주인공을 이곳에서 보았기 때문이다.

물론 소문만 들었기에 처음부터 그를 알아본 것은 아니었다.

그저 경계의 눈으로 보고 있다 자신과 함께 SOCOM의 명령으로 이곳에 오게 된 포스리콘의 더글라스 중령의 중얼거림을 듣고 알게 되었다.

◆　　◆　　◆

에릭슨 중령은 밤에 이동을 해 온 것이라 한국에서의 첫 아침을 맞이하고 있었다.

하지만 처음부터 한국에 파견 나오는 것을 원하지 않았기에 매일 보는 아침이지만, 그리 기분이 좋은 건 아니었다.

아니, 처음 인상은 그리 나쁘지 않았다.

그렇다고 좋은 것도 아니었다.

에릭슨 중령이 관사에서 나오고 뒤 이어 그의 부대원들이 나오기 시작했다.

뿐만 아니라 어젯밤 그의 부대원들과 함께 수송기를 타고 온 다른 특수부대원들도 보였다.

그들은 그린베레의 모습도 보이고 75레인저에서 나온 이들도 보였다.

그런데 특이하게 해병대 소속의 포스리콘의 대원들은 보이지 않았다.

그도 그럴 것이 포스리콘의 대원들은 더글라스 중령의 인솔을 받아 에릭슨 중령이 관사를 나오기 전에 구보를 나갔다.

장시간 비행기를 타고 와 피곤할 법도 한데 포스리콘의 더글라스 중령은 평소 부대에서의 훈련 시간 보다 앞당겨 작전지에서의 훈련 프로그램처럼 일과를 수행하였다.

그렇기 때문에 오전 6시가 아닌 30분 일찍 일과를 시작하였다.

5시 30분에 기상을 해 관사 앞에 집합을 하고 부대 내 구보를 하러 간 것이다.

각 부대별로 인원 체크를 하고 가벼운 체조를 하여 밤새 굳은 신체를 깨우고 있을 때, 관사로 달려오고 있는 이들이 있었다.

탁! 탁! 탁! 탁!

리드미컬한 구보 소리는 듣기가 참으로 좋았다.

그리고 구보를 하면서 인솔자의 구령에 맞춰 호응을 하는 목소리는 절로 힘이 나게 하였다.

"부대 스톱!"

척!

팀장인 더글라스 중령의 구령에 상체를 탈의하고 달리던 포스리콘 대원들이 제자리에 멈추자 체조를 하고 있던 다른 부대원들이 그들을 쳐다보았다.

모두 상체를 탈의하고 있어 그런지 모두 상대의 모습들을 쳐다보며 자신들의 몸과 비교를 해 보았다.

사실 남자의 세계는 언제나 서열을 정한다.

비록 같은 부대는 아니지만 미국 내에 있는 특수부대 중에서도 최고라 평가되는 이들이 한자리에 모이다 보니 서로에 대한 견제가 보이지 않게 진행이 되었다.

특히나 그린베레나 델타포스 그리고 75레인저는 육군 소속이고, 포스리콘은 유일하게 해병대 출신들이다.

그러니 이들의 견제는 물리적 충돌은 없었지만, 분위기만으로도 주변에 영향을 주는 듯 공기가 심상치 않았다.

하지만 그들이 그러거나 말거나 포스리콘의 더글라스 중령이나 그의 대원들은 신경도 쓰지 않고 자신들만의 일과를 수행했다.

"08시까지 아침을 먹고 집합하도록 해산!"

더글라스 중령의 말이 있자 포스리콘 대원들은 말없이 조용히 대열을 해체하고 관사로 들어갔다.

그런 포스리콘의 모습을 보던 에릭슨 중령이나 다른 부대원들은 그들에게서 시선을 떼고 자신들의 일과를 시작했다.

◈　◈　◈

성환은 갑자기 자신을 보자고 하는 세창의 연락을 받고 국군 정보 사령부로 향했다.

"어떻게 오셨습니까?"

정보 사령부 정문에 도착을 하자 위병이 성환에게 방문한 용건을 물었다.

"최세창 중령을 만나러 왔습니다."

예전에야 대령의 신분이 있었기에 그냥 들어가도 되었지만, 지금은 전역을 한 상태.

비록 군무원 신분증이 있다고 하지만, 이곳은 대한민국의 안녕을 책임지는 정보 사령부였다.

그렇기 때문에 신분이 확실하지 않으면 안으로 들어갈 수가 없다.

신분증을 위병소에 보이고 방문증을 왼쪽 가슴에 착용한 다음 안으로 들어가 세창을 만나러 갔다.

이미 집에서 출발하기 전에 연락을 했고, 또 방금 전 위병소에서 방문 용건을 알렸기에 세창에게 연락이 갔을 것이다.

한참을 걸어 올라가니 정보 사령부 건물이 보였다.

그리고 그 앞에 동기인 최세창 중령이 나와 있는 모습이 보였다.

그런데 최세창은 혼자 있는 것이 아니었다.

'누구지?'

아직 거리가 있어 누군지 확인이 되지 않았다.

물론 몸에 있는 내공을 눈에 보낸다면 비록 먼 거리라고 하지만 확인이 가능했다.

하지만 성환은 그런 필요성을 느끼지 않았기에 그냥 나중에 확인하기로 하고 걸음을 조금 빨리했다.

"오랜만이다."

전역을 하고 몇 개월 만에 보는 얼굴이라 성환과 세창은 입가에 미소를 그리며 인사를 했다.

"잘 있었냐?"

"무슨 일 있겠냐, 그저 언제나 똑같지."

"그럼 된 거지, 그래 무슨 일로 날 보자고 했냐?"

성환은 잠시 서로 가벼운 안부를 뭇다가 용건을 물었다.

오늘은 섬에 부식을 가지고 가야 하는 날이라 일찍 이야기를 끝내고 인천으로 향해야 했기 때문에 시간을 늦출 수가 없었다.

그런 성환의 사정도 모르고 세창은 차분히 자신의 옆에 있는 남자를 소개했다.

"인사해라, 여기 이분은 국방부 미국 정책팀의 팀장이신 권오혁 씨, 그리고 여기 제 동기였던 예비역 대령인 정성환, 서로 인사들 나누시죠."

최세창은 먼저 성환에게 자신과 함께 있던 사람의 정체를 소개하고, 그에게 다시 성환을 소개했다.

'이 사람을 만나게 하려고 날 부른 것인가?'

성환은 하는 수 없이 권오혁이란 국방부 소속의 팀장과 인사를 나눴다.

"정성환입니다."

너무도 간단한 소개였다.

하지만 그런 성환의 소개에 권오혁은 아무런 내색도 하지 않고 성환을 자세히 관찰을 하듯 쳐다보았다.

"흠흠."

자신을 관찰하는 듯한 권오혁의 모습에 살짝 눈살을 찌푸리며 헛기침을 했다.

그제야 권오혁은 자신의 실수를 깨닫고 서둘러 자신을 소개했다.

"이런 실례했습니다. 소문이 무성한 분이시라 결례를 했습니다. 권오혁입니다."

급히 사과를 하는 권오혁을 보며 성환도 눈을 반짝였다.

비록 군에서만 생활하고, 전역을 해 사회 경험이 적은 성환이라도 정부 부처의 팀장급 공무원이 어떤지 잘 알고 있다.

권위 의식에 사로잡힌 그들의 행태는 아직까지 군인 정신이 남아 있는 성환이 봐주기 힘들었다.

자신 명의의 경호 회사를 등록할 때도 겪어 봤기에 방금 전 권오혁이란 사람의 됨됨이를 다시 보게 되었다.

사과를 받고 서로 인사를 하고 성환은 다시 세창을 돌아봤다.

"그래 그런데 무슨 일로 부른 거냐? 나 오늘 좀 바쁜데."

성환의 말을 들어서일까?

최세창은 그제야 성환을 부른 용건을 말했다.

"다름이 아니라 미국에서 어제 공문이 도착했다."

"공문?"

"그래, 네가 미군과 협상한 것을 이행하다는 공문이었다."

"그럼 우리가 받을 것은 모두 받은 거냐?"

"아니, 그건 아니고, 일단 5천 벌이 이번에 들어왔다."

"흠."

성환은 세창의 이야기를 듣고 잠시 고민을 했다.

자신은 미군과 협상을 할 때, 5만 벌을 공급해 주는 대가로 자신이 S1을 가르쳤던 것의 일부를 가르쳐 주기로 했다.

두 가지를 비교해 어느 것이 값어치가 높다고 비교 우위를 할 수 없지만, 하나는 비싼 대신 소모품이고, 다른 하나는 돈은 들지 않지만, 응용할 곳이 무궁무진한 무형적 가치가 있는 것이었다.

그런데 생각보다 미군에서 자신이 가진 것을 높게 평가한다, 라는 생각이 들었다.

사실 5억 달러나 되는 거금을 들이는 일인 만큼 시간이 더 필요할 것이라 판단했다.

그 때문에 경호 회사로 받아들인 만수파 조직원들을 섬에서 훈련을 시키고 있었다.

그들의 기본 훈련이 끝난 뒤에나 미군이 올 것이라 예상했는데, 예상이 빗나갔다.

　벌써 그들이 준비가 되었다고는 생각지 못했는데, 벌써 공문이 왔다는 소리는 실무진이 왔을 수도 있다는 생각이 들었다.

　그래서 혹시나 하는 생각에 미국이 보상으로 줄 드래곤 스킨이 도착했는지 물었다.

　아니나 다를까? 벌써 5천 벌이 도착을 했다고 한다.

　전에 세창이 약속하길 100벌을 자신에게 주겠다고 했었다.

　이는 참모 총장과도 약속이 된 이야기였다.

　성환이 이런저런 생각을 하고 있을 때, 세창은 공문의 내용을 들려주었다.

　"너에게 가르침을 받을 인원이 선발되었고, 어젯밤 오산에 도착했다고 한다."

　"뭐?"

　아니, 번개 불에 콩 구워 먹을 사람들이 아닌가.

　사람을 먼저 보내고 공문을 보냈다는 소리였다.

　국방부 미국 정책 담당이 왜 이곳에 있는지 이제야 이해가 갔다.

　미국에서 국방부로 공문을 보냈기에 담당관이 그것을 가지고 온 것으로 보였다.

　그리고 담당관인 권오혁이 직접 온 이유는 대외적으로

이 일은 극비로 처리되는 것이기에 팩스가 아닌 인편으로 직접 움직였고, 그것도 담당인 자신이 직접 온 것으로 보였다.

"계약이니 어쩔 수 없네."

어차피 그들이 올 것은 알고 있었다.

자신의 예상이 빗나간 것뿐이었다.

"그런데 어떻게 할 거냐?"

세창은 성환의 반응을 보며 조심스럽게 물었다.

그의 입에서 계약이란 말이 나오자 그것이 허락의 뜻이란 것을 잡아내 물은 것이다.

"어쩌겠어. 왔다는데, 섬으로 데려가야지."

성환은 별거 아니란 투로 말을 하였다.

섬이란 말이 나오자 세창은 전에 성환이 자신에게 구해 달라고 했던 섬이 생각났다.

그곳에서 무엇을 하려고 하는지 그동안 알지 못했다가 방금 전 미군들을 그곳에 데려가겠다는 말을 듣고 그동안 왜 그곳을 원했는지 의문이 풀렸다.

'그럼 그동안 그곳에서 S1을 가르쳤다는 소리군.'

세창은 비밀리에 섬을 구한 이유가 전역한 S1을 가르칠 곳을 찾기 위해 그랬다고 생각했다.

물론 그 생각이 전적으로 틀린 것은 아니지만 100% 맞는 말도 아니었다.

S1을 가르치는 한편 KSS직원들도 가르치고 있으니 말이다.

비록 그들이 S1의 능력에 미치진 못하지만, 그렇다고 일반적으로 알려진 특수부대 보다는 더 뛰어날 것이란 것은 보지 않아도 알 수 있었다.

자신만의 친위 세력을 양성하고 있다고는 꿈에도 생각지 못하는 세창은, 성환이 그저 고마울 뿐이다.

물론 KSS직원들을 양성하고 있다는 것을 알게 되더라도 어떻게 할 수도 없지만 말이다.

◆　　◆　　◆

에릭슨 중령과 더글라스 중령 그리고 그린베레의 마크 대위, 75레인저의 크레이그 대위는 사령관실로 불려 갔다.

미 7공군 사령부가 있는 이곳 오산 공군 기지의 사령관인 켄트 캐들락 중장이 펜타곤에서 내려온 공문을 읽고 이들을 호출했다.

비록 자신과 직접적인 연관은 없지만, 펜타곤의 명령이 있으니 이들을 하루 관사에서 재우고 조금 뒤 이곳에 도착할 한국 측 관계자에게 이양하면 되는 것이다.

물론 이들이 자국 내 특수부대 중에서도 추리고 추린 최정예란 사실을 들어 알고 있었다.

하지만 왜 이들이 한국까지 오게 되었는지 알지 못해 조금 궁금하긴 했지만, 금방 관심을 끊었다.

자신과 관계도 없는 이들의 일로 심력을 소비하기보다는 자신 휘하의 비행단의 전투기 교체에 관한 일이 우선이었다.

그렇기에 각 부대 지휘관을 불러 조금 뒤 올 한국군에 관한 이야기를 들려주고 사령관 실에서 내보내기로 했다.

"자리에 앉도록 하게."

"예."

들어온 사람들이 모두 자리에 앉자 켄트 사령관이 다시 말을 하였다.

"차는 무엇으로 할 텐가?"

"커피, 마시겠습니다."

주로 이야기는 이들 중 가장 연장자인 에릭슨 중령이 켄트 사령관과 대화를 하였는데, 포스리콘의 팀장인 더글라스 중령과 계급이 같은 에릭슨 중령은 델타포스 출신으로 호봉도 높아 그냥 그가 이 자리의 대표가 되었다.

물론 더글라스 중령의 성격도 어느 정도 작용하였다.

"조금 뒤에 자네들을 인솔할 한국측 관계자가 올 것이니 그리 알고 있도록."

"알겠습니다."

대표로 에릭슨 중령이 대답했지만, 자리에 함께 있는 이들도 켄트 중장의 이야기를 모두 들었기에 눈을 반짝였다.

그런데 이때 더글라스 중령의 눈빛이 심상치 않았다.

사실 그는 자신이 한국에 파견을 가야 한다는 말을 들었을 때, 벼르고 있던 것이 하나 있었다.

그건 바로 작년 뉴욕에서 있던 국제 특수부대 경연 대회 때의 사건 하나 때문에 한국을 가슴속에 품고 있었다.

반도의 작은 나라에서 온 한 사람에게 그날 참가했던 모든 나라의 특수부대원들이 모두 나가떨어졌다.

자신보다 더 덩치가 큰 서양인을 상대로 싸우던 그 남자의 모습에 더글라스는 경악을 했다.

물론 중간에 구경을 하게 되어 그가 얼마나 많은 상대를 했는지는 나중에 들어 알게 되었지만 아무튼 그 남자를 다시 만나고 싶은 욕망이 있었다.

그런데 그런 꿈이 조금 뒤 이루어진다는 생각에 흥분되었다.

'조금 뒤면 그를 만날 수 있다……'

◈　　◈　　◈

검정색 세단이 천천히 오산 공군 기지에 도착을 하였다.

너무도 거대한 규모를 가지고 있는 오산 공군 기지는 이름에서 오해하는 사람들이 있는데, 이곳의 부지는 오산과 송

탄, 평택을 함께 포함하고 있으면 오산에 사령부가 위치하고 있어 오산 에어 베이스(Osan Air Base, K-55 : Osan AB)라 불리는 것이다.

그러다 보니 입구 또한 여러 곳에 있었다.

그중 세단이 들어간 곳은 수원 방면에서 들어가는 입구였다.

입구를 지나 들어간 세단은 미 7공군 사령부 앞에 정차를 하였다.

"도착했군."

최세창 중령은 차에서 내려 가장 먼저 그리 말을 했다.

뒤따라 내리던 성환은 그런 최세창의 중얼거림을 들었지만 조용히 뒤를 따랐다.

그리고 그 뒤로 권오혁 팀장이 내려 함께 걸었다.

사실 권오혁 팀장은 정보 사령부에서 일이 모두 끝난 것이지만, 최세창 중령이 소개한 성환이 도대체 어떤 인물인지 궁금해 국방부로 돌아가지 않고 자신의 차를 이용해 이곳까지 모신다는 말을 하며 함께하였다.

처음 그를 달갑지 않게 생각하던 성환이지만 자신을 낮추는 권오혁의 행동에 어쩔 수 없이 그와 동행을 하게 되었다.

물론 최세창 중령이 중간에 권오혁의 말을 거든 것도 어느 정도 작용했지만 말이다.

사령부 안으로 들어가자 이미 공문이 내려와 있었는지 이들을 안내하는 사람이 있었다.

"어서 오십시오. 이쪽으로 오십시오."

성환 일행을 맞이한 것은 미 7공군 사령부의 공보 장교였다.

그를 따라간 곳은 사령관실이었다.

"충성! 모시고 왔습니다."

업무를 보고 있던 켄트 중장은 부하가 인사를 하자 그제야 고개를 들고 부하의 뒤에 있는 성환과 세창 그리고 권오혁을 쳐다보았다.

그런데 켄트 중장은 자신의 집무실로 들어온 사람들을 보고 놀랐다.

공문이 와 오늘 올 한국인들이 모두 군인으로 상상을 했었다.

하지만 그런 켄트 중장의 예상을 비웃기라도 하듯 군인은 한 명이고 그와 함께 들어온 두 명은 민간인 복장이었다.

더욱이 그중 한 명은 정장도 아닌 활동하기 편한 캐주얼 복장이라 그를 한 번 더 보게 되었다.

"반갑습니다. 대한민국 정보사령부 최세창 중령입니다."

최세창은 동맹군 사령관인 캔트 중장에게 경례를 하고 자신의 신분을 밝혔다.

"안녕하십니다. 국방부 정책 담당 실장 권오혁입니다."

"반갑습니다, 정성환입니다."

세창이나 권오혁은 직위가 있으니 자신의 직책을 밝히며 인사를 했지만, 성환은 이젠 민간인이기에 그냥 자신의 이름만 말하였다.

이 때문에 캔트 중장은 적지 않게 당황했다.

민간인이 이곳에 들어올 것이라고는 상상도 못했기 때문이다.

이곳 오산 비행장은 무척이나 중요한 시설이다.

그런데 이런 곳에 민간인을 데려온 이들의 행동에 걱정이 들었다.

하지만 그런 것을 바로 표현할 정도로 막되 먹은 사람이 아니기에 잠시 헛기침을 하고 이들의 인사를 받았다.

"흠, 반갑습니다. 미 7공군 사령관인 캔트 캐들락 중장이오."

서로 인사를 하고 잠시 머뭇거리고 있을 때, 성환은 오늘 일정이 조금 빠듯하여 얼른 자신이 찾아온 용건을 말했다.

"이곳에 가면 인수할 인원이 있다고 하던데, 그들은 어디에 있습니까?"

민간인이 나서서 말을 하자 캔트 중장은 잠시 성환을 보다가 시선을 최세창에게 주었다.

말은 안 했지만 이 상황에 대해 설명을 하라는 것이었다.

그런 캔트 중장의 뜻을 알아들은 최세창은 얼른 설명을 했다.

"그는 얼마 전까지 저희 대한민국 특전사 교관으로 있던 예비역 대령입니다. 펜타곤에서 내려온 공문이 있을 것입니다. 그 책임자가 여기 있는 정성환 예비역 대령입니다. 그러니 그들을 불러 주십시오."

이미 펜타곤에서 공문이 와 내용을 잘 알고 있었지만, 설마 민간인이 비밀 프로젝트의 책임자였을 것이라고는 상상도 못했던 캔트 중장은 아무 말도 하지 못하고 부관을 시켜 오전에 불렀던 그들을 다시 오게 하였다.

5분 정도 시간이 흘렀을까? 캔트 중장의 부관과 함께 미국에서 파견된 특수부대의 팀장들이 들어왔다.

"충성! 부르셨습니까?"

"어서들 오게. 지금 자네들을 데려가기 위해 여기 한국군에서 오셨네."

데리러 온 사람은 3명이지만, 정작 군인은 한 명에, 거기다 책임자라고 한 사람이 민간인이기에 말이 좀 맞지 않기는 했지만, 어찌 되었든 공문에 한국군에 이들을 인계하라는 말이 있었기에 그리 설명을 했다.

한편 사령관의 부름에 온 에릭슨 중령과 다른 장교들은 자신들을 인솔할 사람이 왔다는 말에 고개를 돌려 보았다.

그런데 고개를 돌린 이들은 인상을 구길 수밖에 없었다.

오랜 시간 군에 있다 보니 이들도 사람을 보는 눈이 생겼다.

자신들을 인솔하려 왔다는 사람에게서 느껴지는 첫인상은 딱 봐도 정보 계통에서 종사하는 사람이었다.

육체를 단련하는 것과는 전혀 연관이 없을 것 같은 남자가 자신들을 인솔한다는 말에 절로 인상이 써졌다.

그런 것을 눈치챈 최세창의 얼굴이 보기 좋게 일그러졌다.

사실 자신도 어디 가서 그리 빠지지 않는 체력과 전투력을 가졌다 자신하는데, 지금 이들은 그런 자신을 보며 실망의 기색이 역력한 것뿐 아니라, 자신들의 기대에 못 미친다 생각해 분노하고 있었기 때문이다.

그리고 이런 분위기는 사령관실 안에 있는 사람들이라면 모두 느끼고 있었다.

하다못해 문관인 권오혁 팀장까지 분위기가 변했다는 것을 느낄 정도로 좋지 못했다.

기분이 상한 최세창이 뭐라 하기 전 성환이 나섰다.

"반갑군, 앞으로 1년간 내 밑에서 교육을 받을 사람들이 당신들인가?"

세창의 앞으로 나서며 말을 하였다.

그런 성환의 행동에 에릭슨 중령을 비롯한 더글라스 중령 그리고 마크 대위, 크레이그 대위는 발작을 하려고 했다.

이젠 군인도 아닌 민간인이 이 자리에 함께 있는 것은 물론이고, 자신들을 가르칠 사람이 이렇게 어린 사람이라고는 상상치 못했기에 황당하기까지 했다.

사람이 너무 놀라면 아무런 말도 못한다고 했던가?

지금이 바로 그런 경우였다.

에릭슨 중령의 경우 처음 SOCOM에서 내려온 공문이 마음에 들지 않았다.

그런데 지금은 더 기가 막혀 화도 나지 않았다.

하지만 이때 처음 화를 내려다 말고 고개를 갸웃거리는 사람이 있었다.

그 사람은 바로 더글라스 중령이었다.

'이상하다. 어디서 많이 본 것 같은데, 누구지?'

성환의 얼굴이 낯이 익다는 생각이 들었다.

아무리 동양인의 얼굴이 비슷비슷하게 보인다고 해도 오랜 군사작전을 수행해 온 자신의 눈에 아무리 비슷하게 생긴 외국인이라도 그 특징을 기억하기 때문에 오인할 리는 없었다.

분명 저 사람을 어디서 봤다는 생각이 들기는 하는데, 명확하게 떠오르지 않아 인상이 절로 구겨졌다.

"지금 우리를 희롱하는 것인가?"

에릭슨 중령은 비록 같은 군 소속은 아니지만, 동맹국의 장교인 최세창을 보며 고함을 질렀다.

이 자리에 캔트 중장이 있다는 것도 지금은 그의 눈에 들어오지 않았다.

처음부터 마음에 들지 않는 명령을 억지로 따르고 있으나, 지금 한국에 파견 나와 자신들이 뭔가를 배워 가야 한다고 해 억지로 참고 있었다.

도대체 얼마나 대단한 것을 배우기에 엄청난 예산을 들여 외국까지 나와 배워야 하는 것인지 이해가 가지 않았기 때문이다.

미국의 특수부대 중에서도 손에 꼽히는 특수부대인 델타포스의 팀장인 에릭슨 중령의 기세는 참으로 날카로웠다.

그 기세에 눌린 최세창이나 권오혁은 잠시 주춤했지만 성환은 아무런 표정 변화 없이 잠시 그를 노려보았다.

세창을 향해 기세를 올리는 그를 보다, 성환은 그가 세창을 보지 못하게 한 걸음 움직여 그의 시선에서 세창을 감췄다.

아무래도 자신이 편하기 위해서 이들의 기세를 꺾어 둘 필요가 있다고 판단했기에 기세를 일으키고 있는 에릭슨의 시선을 자신에게 끌기 위한 행동이었다.

"뭐가 그리 불만이지?"

너무 나직한 성환의 말이었지만 에릭슨의 귀에 정확하게 전달이 되었다.

그리고 그 목소리는 듣는 이로 하여금 긴장을 하게 만들었다.

살짝 내공을 가미했기에 일반인들은 모르겠지만 많은 전투를 치르며 수련한 에릭슨이나 더글라스 그리고 마크와 크레이그 대위는 느낄 수 있었다.

비록 이들이 내공을 가지고 있는 것은 아니지만 피나는 육체 단련과 실전으로 일반인보다 이들의 기감은 무척이나 발달되어 있었다.

그렇기에 성환이 피어올린 투기를 이들도 느낄 수 있었다.

그러다 보니 젊은 민간인이라 생각하고 쉽게 봤던 것과 다르게 성환이 기세를 피어 올리자 절로 몸이 떨려왔다.

"내가 너희를 가르치는 것에 불만 있나?"

뒤이은 성환의 말은 이들을 더욱 기막히게 하였다.

젊은 그가 자신들을 가르친다고 하였다.

성환의 몸에서 피어나는 분위기가 심상치 않은 것은 이들을 긴장하게 하였지만, 뒤 이어 나온 그의 말은 이들을 다시 한 번 분노하게 만들었다.

물론 단 한 사람은 신중하게 성환의 말을 되짚어 생각을 해 보며 현 상황을 어떻게든 유추해 내기 위해 고민을 하였다.

하지만 에릭슨 중령이나 마크 대위 그리고 크레이그 대위는 성환을 말을 그냥 두고 보지 못했다.

"당신이 그런 능력이 되나?"

"풋!"

그린베레의 마크 대위가 성환을 도발하자 뒤에 있던 최세창이 그만 실소를 하고 말았다.

성환을 잘 알고 있는 세창으로서는 정말로 그들의 하는 행동들이 가소로웠다.

물론 지금 이 자리에 있는 이들이 어떤 사람들이란 것을 잘 알고 있는 세창이기에 그런 생각이 들 수밖에 없었다.

가까운 곳에서 다년간 성환을 지켜본 세창은 이 세상에서 성환을 상대할 수 있는 인간이 있을까, 라는 생각을 하곤 하였다.

정보를 다루는 자신의 시선으로도 그 끝을 파악하지 못하고 매번 다른 능력을 보여 주는 성환을 보며 세창은 정말이지 말도 안 되는 프로젝트를 구성하기까지 하지 않았는가?

그런데 그런 성환에게 능력이 되느냐고 물어 오는 미군을 보며 세창은 어이가 없었다.

"비록 지금은 군인의 신분은 아니지만, 그는 올 초까지만 해도 대한민국 군인으로서 복무했고, 대한민국, 아니, 지구상에 있는 그 어떤 나라의 군인들 보다 최고의 능력을 가진 사람이다."

너무나 확고한 세창의 말에 에릭슨 중령은 조금 전 화를 내던 것과 다르게 성환을 다시 한 번 돌아보았다.

그리고 그의 옆에 있던 더글라스 중령도 성환을 자세히 관찰을 하다 눈동자가 커졌다.

이제야 성환을 어디에서 본 것인지 기억이 났던 것이었다.

'설마, 그가 우릴 가르친다는 말인가?'

다른 사람들과 다르게 더글라스는 성환이 자신들을 가르친다는 것에 흥분이 되었다.

작년 가을에 봤던 그 믿기지 않는 능력을 생각하면, 그의 밑에서 1년간 배워야 할 자신들의 실력이 얼마나 향상이 될지 상상이 되지 않았다.

"언터처블!"

더글라스 중령은 자신도 모르게 경연 대회 당시 각국의 특수부대원들이 성환을 부르던 별명을 불렀다.

그런 더글라스 중령의 목소리를 들었는지 방금 전까지 성환을 상대로 뛰어나갈 것처럼 행동을 보이던 마크 대위가 깜짝 놀란 눈으로 더글라스 중령을 돌아보았다.

"중령님, 그게 무슨 말입니까? 언터처블이라니요?"

자시에게 물어오는 마크 대위에게 시선도 주지 않고, 더글라스 중령은 성환을 보며 대답을 하였다.

"작년 경연 대회의 이슈인 그 사람이다, 언터처블."

성환은 자신을 두고 언터처블이라 말을 하는 더글라스를

쳐다보았다.

그리고 사령관실 안에 있는 모든 사람들의 시선이 모두 성환에게 모여들었다.

한편 성환의 뒤에 있던 세창은 더글라스 중령이 중얼거린 '언터처블' 이란 단어를 생각하다 문득 성환을 설명하는 단어로 그보다 맞는 단어가 없다는 생각이 들었다.

'그래, 맞아! 성환을 표현하는 단어로 그보다 적당한 단어가 없군.'

언터처블.

건들일 수 없는 또는 손댈 수 없는 이란 뜻을 가진 이 단어는 정말로 성환을 나타내는 데 딱! 이었다.

15년 전 불가능한 작전에 투입이 되어 내부자가 정보를 흘린 때문에 목숨이 위태로운 상황에서도 홀로 몇 개월을 적진에서 생존해 귀환했다.

그리고 그 뒤로 무슨 일이 있었는지 모르지만, 그의 능력은 북한에 작전을 하러 갔을 때와 돌아왔을 때의 능력은 천지차이였다.

뿐만 아니라 최고라는 특전사 대원들이나 다른 군의 특수부대원들도 감히 성환과 합동 작전을 할 수가 없었다.

너무도 차이가 나는 능력 때문에 합동 작전은 정작 결과는 좋지 못했다.

아니, 결과만 놓고 본다면 성공적인 작전이었다.

하지만 성환과 함께 작전한 팀은 그 뒤로 슬럼프에 빠지고 말았다.

능력의 차이가 심하다 보니 한 개 팀이 개인을 보조하는 상황이 벌어졌기에 그런 일이 벌어지고 말았다.

그 때문에 자신의 능력에 대한 회의를 느낀 이들이 전역 신청을 하는 상황까지 이르게 되었다.

그 뒤로 성환에 대한 조치는 다른 부대원들과 분리되어 교관으로 직위가 변경이 된 것이다.

아무튼 성환의 능력을 어느 정도 알고 있는 이가 이 자리에 있어 분위기는 다시 180도로 바뀌게 되었다.

조금 전까지만 해도 자신들을 잡아먹을 듯하던 분위기와 다르게 뭔가 꿈을 꾸는 듯한 표정이 된 이들이 생겼기 때문이다.

더글라스 중령의 목소리를 들은 것은 그들뿐만 아니라 캔트 중장도 함께 들었다.

비록 그가 공군이지만 장군들 모임에 가면 의례 각 군에 대한 정보들이다.

그리고 작년 연말 모임에 갔을 때 나왔던 이야기 주제 중 하나가 바로 한국의 특수부대 교관에 대한 이야기였다.

솔직히 한국에 파견 나와 근무를 한 것이 벌써 5년이 되는데, 자신이 알기로는 그런 사람이 없었다.

그렇기에 그 말을 믿으려 하지 않았다.

하지만 사람 3명이 모이면 없는 호랑이도 만든다고 했던가?

공군 장성, 장교들의 모임이다 보니, 미 공군 특수전 사령부(AFSOC)소속의 장군과 장교들도 많이 참석을 하게 되었다.

그리고 그들에게서 전해들은 이야기는 실로 놀라움을 금치 못했다.

비록 미 공군 소속의 특수부대인 CCT(Combat Control Team : 공정통제사)가 경연 대회에 참석하진 않았지만, 지휘관 몇 명은 각국의 특수부대의 현황과 운용 장비에 관해 알아보기 위해 참석을 했단다.

그런데 그곳에서 순수 육체적 능력만으로 그날 참여한 각국의 내놓으라 하는 특수부대원 전원을 전투 불능으로 만든 괴물을 보았다고 했다.

특히나 그 동양인은 다른 동양인들처럼 덩치가 그리 작지는 않았지만, 그렇다고 다른 서양의 특수부대원들처럼 덩치가 크지도 않았다고 한다.

하지만 전투는 덩치로 하는 것이 아니란 것을 몸으로 알려 주는 듯 나오는 족족 쓰러뜨렸다고 했다.

그리고 그 뒤로 그를 언터처블이라 부르기 시작했다는 이야기를 들었다.

캔트 중장은 아무리 그래도 반신반의 하며 그 일을 잊고 있었는데, 방금 전 더글라스 중령이 하는 소리를 듣고 믿지 않을 수 없었다.

비록 그와 오랜 시간 이야기를 하지 않았지만, 오전에 비슷한 이야기를 하였기에 이 자리에 정말로 그 소문 속의 주인공이 올 것이라고는 생각지 못했다.

그러면서 또 다른 한편으로는 그런 위대한 인물을 놓친 대한민국 군이 멍청하다는 생각이 들었다.

분명 조금 전 소개하기를 예비역 대령이라고 했다.

한국군의 조직을 알기 때문에 대령이란 계급을 달기 위해선 오래 시간을 군복무를 해야 한다는 것을 잘 알고 있다.

미국처럼 세계 곳곳에서 전쟁을 수행하는 것이 아님으로 조기 진급의 기회가 적다는 것도 너무도 잘 알기에 다시 한번 놀랐다.

동양인이 특히 한국인들의 나이가 겉으로 보이는 것보다 많다는 것을 알고는 있었지만, 지금 이야기의 주인공은 해도 너무했다.

막말로 10대인 자신의 손자와 비슷해 보이기까지 했기 때문이다.

물론 자세히 보면 그가 풍기는 느낌이 참으로 노련한 베테랑 전사란 느낌을 주기도 하기에 뭔가 함부로 대하기 힘든 느낌이기도 했지만 아무튼 여러모로 놀라운 일뿐이다.

사람들이 놀라고 있을 때, 성환은 진중한 표정으로 말을
꺼냈다.

"오늘 일정이 빠듯하니 일정을 수행하겠습니다."

사무적인 말이지만 성환의 정체를 알게 된 이들은 아무
런 이의를 표하지 않았다.

특히나 지금까지 한국에 오는 것에 불만이 많았던 에릭
슨 중령도 이 순간만큼은 어떤 이의도 표하지 않았다.

그도 그럴 것이 성환에 대해 소문만 들었지만 성환의 신
분을 밝힌 더글라스 중령에 대해서 잘 알고 있기 때문이다.

비록 같은 소속은 아니지만 포스리콘의 더글라스는 유명
하니 말이다.

이렇게 각 특수부대의 장들이 모두 인정을 하자 일은 일
사천리로 처리되었다.

이미 오전에 통보를 했기에 준비는 끝났다.

임무가 임무이다 보니 어젯밤 특별기로 온 이들은 모두
차양이 쳐진 트럭에 타고 이동을 하게 되었다.

이들은 성환이 구입한 섬으로 향하게 되었다.

그곳에서 KSS직원이 된 전직 조폭들과 함께 훈련을 하
게 되었다.

2.

세력 확장

만수파의 2대 두목이 된 최진혁은 요즘 기분이 무척 좋았다.

자신의 아버지가 죽고 처음 아버지 밑에 있던 간부들의 반발로 무척이나 힘겨운 상태였다.

하지만 아버지를 죽였을지도 모르는 성환과 손을 잡고 자신에게 반발하는 간부들을 축출하고 확실한 두목의 자리에 올랐다.

뿐만 아니라 아버지가 있을 땐 감히 상상도 못했던 강남을 통일했다.

물론 그 또한 자신의 힘이 아닌 자신이 두려워하는 성환의 힘으로 그리된 것을 잘 알고 있다.

정말이지 성환을 생각하면 할수록 두려워졌다.

하지만 그렇다고 지금에 와서 어느 정도 힘이 생겼다 해서 성환과 척을 질 생각은 꿈에도 하지 않았다.

아니, 자신이 만약 그런 생각을 할라치면 자신의 오른팔이나 다름없는 김용성 전무가 자신에게 반기를 들 것이 분명했다.

자신보다 더 많은 것을 알고 있는 김용성 전무에 의하면 자신의 뒷배가 되어 준 성환이 가진 능력은 일반인이 상상하는 그 이상이라는 것이다.

마치 헐리웃 영화의 히어로물에 나오는 슈퍼 히어로처럼 아무도 모르는 초인적인 힘을 가지고 있다고 했다.

물론 자신도 오래전 목격하기도 했다.

그 당시에는 너무 훈련이 고되 자신이 착각했을 것이라 생각을 했지만, 김용성 전무는 그것이 착각이 아닌 사실일 수도 있다 말했다.

그러니 지금에 와서는 감히 배신을 하기보단 적당히 이용해 자신의 이득을 취하는 것이 더 낫다는 생각이었다.

지금 최진혁의 상태는 사실 자신은 인식하지 못하고 있으나, 초기 겁을 집어먹고 있던 상태에서 벗어나고 있었다.

군을 전역하고 오랜 시간 조폭으로 있다 보니 초기의 두려움도 지금 잘나가는 조폭 두목이 되고 나니 어느새 두려움도 많이 희석이 되었다.

그러니 지금 최진혁은 어떻게 하면 자신의 힘을 늘릴 것
인지 궁리를 하였다.

"김용성 전무 좀 오라고 해!"

최진혁은 혼자 궁리하기보단 김용성을 불러 함께 생각하
기로 했다.

성환이 당분간 조용히 있으라고 하기는 했지만, 강남을
통일하고 벌써 3개월이 흘렀다.

그러니 지금 좀이 쑤셔서 그냥 있기가 답답했다.

비서에게 용성을 부르라 지시를 내리고도 한참을 혼자
궁리를 하였다.

똑똑똑!

노크 소리가 들리고 용성이 들어왔다.

"부르셨습니까?"

"아, 이리 앉아요."

"무슨 일로 찾으셨습니까?"

용성은 뜬금없이 자신을 호출한 진혁을 보며 물었다.

그런 용성의 물음에 최진혁은 자신의 생각을 말 하였다.

"다름이 아니라……."

진혁이 들려준 이야기를 모두 들은 김용성은 잠시 인상
을 찡그렸다.

그도 그럴 것이 자신이 생각해도 지금이 세력을 확장하
기 딱 적당한 시기였다.

조직이 흔들릴 때는 감히 외부로 세력 확장의 꿈을 꾸지 못했다.

하지만 조직이 정비되고, 또 경계를 맞대고 있던 강남의 거물 진원파를 병합했다.

그렇게 외형은 물론이고 내실까지 다시며 그동안 자숙을 하고 있었다.

그 때문에 현재 만수파의 힘은 그 어느 때 보다 강성한 힘을 비축하고 있다.

힘이 한곳에 고이다 보니 이렇게 부작용이 생기게 되었다.

사람이란 동물은 성숙하지 못해 힘을 가지고 있으면 꼭 쓰려고 하는 습성이 있다.

특히나 최진혁처럼 원래 가지고 있는 역량보다 커다란 힘을 손에 가지게 되면 그 힘을 주체하지 못해 휘두르려는 경향이 강했다.

만약 성환이 이런 것까지 생각하고 있었다면 별문제가 없었을지도 모른다.

하지만 지금 성환은 KSS경호로 차출된 이들을 가르치는 것에 정신이 팔려 있어 이것은 생각지 못했다.

이는 성환이 조폭의 생리를 아직까지 깨닫지 못했기에 벌어진 일이다.

더욱이 성환이 진원파와 통합이 되면서 비대해진 조직의

일부를 차출하는 것 때문에 생각지 못하게 조직이 금방 정상화되었다.

정말이지 이건 어느 누구도 예상치 못한 일이었다.

보통 만수파와 진원파 같이 커다란 조직이 통합이 되면 두 조직 출신의 간부들의 보이지 않는 알력 싸움이 벌어진다.

이는 주도권을 차지해 손해를 보지 않기 위한 기 싸움.

그런데 간부들의 힘이라 할 수 있는 조직원들을 성환이 빼감으로써 조직 내 알력 싸움을 벌일 간부들의 힘이 줄어들었다.

그러다보니 아직까지 친위 세력이 없어 세력이 약했던 최진혁은 모두 고만고만해진 간부들을 충분히 아우를 수가 있었다.

물론 그런 최진혁의 곁에는 초기부터 진혁에게 힘을 실어 준 김용성이 있던 것은 당연했다.

이미 두 사람은 암묵적으로 공동 운명이란 생각에 손을 잡고 있었다.

그러니 조직을 안정시키는 일에 함께하는 것은 당연했다.

"김 전무님, 제 생각에는 지금이 세력을 확장하기 딱 적당한 시기인 것 같은데, 어떻게 생각하십니까?"

진혁은 김용성을 직시하며 자신의 생각을 말했다.

이미 심적으로 결정을 하고 말을 하는 것이지만, 지금 용성이 반대를 한다면 잠시 보류할 생각도 있었다.

그만큼 김용성이 차지하는 비중이 컸기 때문이다.

조직 내에서 가장 믿을 수 있는 존재는 바로 김용성이기 때문에 이런 자신의 생각도 직접 말할 수 있는 것이다.

"흠, 지금이 적기이긴 하지만…… 괜찮겠습니까? 회장님께서는 아직까지 언급이 없으셨는데."

김용성은 자신도 지금이 가장 좋은 시기라 생각하고 있지만 성환이 아직까지 아무런 언급이 없어 그것을 말했다.

그런 김용성의 대답을 들은 최진혁은 김용성도 자신과 같은 생각이란 것을 알고 일을 추진하기로 했다.

"김 전무님도 그렇게 생각하시고 계시다니 일을 추진하기 편하겠군요."

최진혁은 이렇게 김용성의 생각까지 알아본 뒤 자신과 생각이 비슷하단 것을 알자 자신감이 생겼다.

솔직히 혼자 생각하고 일을 벌이기에는 성환이란 존재가 가지는 부담감이 상당했다.

괜히 그의 눈에 밉보였다가는 지금의 자리에서 물러나는 것은 물론이고, 잘못하면 정말로 죽을지도 모른다는 생각 때문이다.

자신의 동생이 비록 잘못을 저지르긴 했지만 그동안 지켜본 바에는 정말이지 사람의 형상이 아니었다.

고통 때문에 일상생활을 할 수 없을 정도로 폐인이 되어 있었다.

그 때문에 성환에 대한 공포로 감히 배신을 할 생각은 들지 않았지만, 그런 한편으로는 언제 자신도 저리될 수도 있다는 생각에 두려워졌다.

그리고 그런 두려움이 일어날 때마다 진혁은 힘에 대한 갈망이 더욱 커졌다.

"일단 서초를 치기로 하죠."

"서초 말입니까?"

"예, 백곰이 우리를 노린 전력이 있습니다. 저희가 백곰을 치더라도 주변에서 뭐라 할 명분이 없으니 서초를 먼저 손을 보기로 하겠습니다."

"음……. 그거 괜찮은 생각 같습니다. 아무래도 회장님께 변명할 거리도 있으니 좋은 생각 같습니다."

'맞아! 어떻게 얘기해야 하나 고민했는데, 역시나 김 전무와 이야기를 하니 이렇게 해결책이 나오는고만.'

정말이지 진혁은 용성이랑 의논하길 잘했다는 생각이 들었다.

조직의 힘이 강성해졌다는 생각과, 힘에 대한 갈망으로 조직을 키우기로 작정을 했지만 역시나 원초적으로 성환에 대한 두려움이 장애물로 작용하고 있었다.

성환이 내실을 다지라는 명령을 하지 않았다면, 솔직히 진즉 세력 확장에 나섰을 것이다.

하지만 진원파를 흡수하면서 어수선한 내부를 단속하라는 말만 하고 지금까지 별다른 지시가 없었기에 자신의 생각대로 세력 확장을 진행한다는 것이 마냥 두려웠다.

조직이 통합되고 한 그의 명령은 일반 조직원 중 똘똘한 놈들을 다수 모으라는 것뿐이었다.

그러니 조직원 중 자신이 생각하기에 머리가 돌아가는 젊은 놈들을 모집해 주었다.

그들을 가지고 성환이 뭘 할지 몰라 전전긍긍하면서 모집해 주었는데, 그들을 가지고 경호 회사를 차리는 것을 보며 안심을 했다.

솔직히 진혁은 혹시나 성환이 그렇게 차출된 조직원을 가지고 자신을 축출하려는 것은 아닌지 걱정을 했었다.

하지만 성환은 처음의 약속대로 조직에 관해선 일절 관여하지 않았다.

그저 가이드 라인만 설정해 두고 그 이상의 일에는 관여를 하지 않고 있었다.

물론 그런 것이 더 두렵게 느껴지는 것이지만, 말은 하지 않았다.

아무튼 성환이 계획하는 것이 자신의 생각과 다르기에 혹시나 자신이 튀는 것을 어떻게 생각할지 몰라 고민했는데, 용성이 자신의 생각에 찬성을 하고 또 명분까지 만들어 주니 정말 그가 너무도 고마웠다.

아버지가 살아 있을 때도 자신을 많이 도와주었고, 성환을 피해 도피를 할 때도 자신의 곁에서 많은 도움을 주었다.

또 아버지가 돌아가셨을 때에도 시기적절하게 소식을 전해 늦지 않게 조직을 정비할 수 있었다.

만약 시기를 놓쳤다면 아마도 지금의 자신은 없었을 것이다.

그러니 현재 자신에게 김용성의 존재는 든든한 아군이자 조언자였고, 또 믿고 자신의 뒤를 맡길 수 있는 존재였다.

◈　　◈　　◈

섬에 들어 온 지도 벌써 1달이나 되었다.

처음 섬에 들어왔을 때만 해도 아무것도 없는 황량한 곳이었다.

하지만 지금은 숙소로 사용할 컨테이너도 있고, 또 성인 장정들이 근 100명에 가깝기에 식당도 크게 지었다.

그리고 한동안 하지 않던 육체노동을 해야만 했다.

이곳에 온 목적이 바로 자신이 설립한 경호 회사의 직원으로 취직을 시킨 전직 조폭들을 훈련을 시키기 위한 시설을 지어야 하기 때문이었다.

일단 시간이 부족한 관계로 숙소는 임시로 컨테이너를

개조하여 숙식이 가능하게 만들어 설치를 하였다.

물론 야간에도 교육을 해야 하기 때문에 밤에 전기를 위해 발전 시설도 만들었다.

다른 것은 다 몸으로 때우면 되는 것이기에 직접 작업을 했지만, 발전기만은 전문가를 불러 작업을 했다.

발전 시설과 전문가를 부르기 위해 많은 돈이 들었지만, 이것은 모두 삼청 프로젝트의 예산으로 처리를 하였다.

전역을 하기 전 세창이 준 복권은 사실 비자금이었다.

항간에 복권의 조작설이 있었지만, 이렇게 이용되는 것인지 성환이 이때 처음 알았다.

아무튼 비자금으로 준 돈을 이용해 섬을 구입하는 비용으로 인천시에 지불을 하고, 또 발전 시설과 설치 기사를 부르는 비용으로 처리를 했다.

사실 이 모든 것을 비밀리에 할 수도 있었다.

하지만 몰래 들어와 할 수는 있지만, 장기간 이곳에서 훈련을 해야 하기에 이들에게 공급할 물과 식량 등 생필품을 공급하는 문제 때문에 감추지 못한다면 차라리 공식적으로 밝히고 하는 것이 더 좋을 것 같았다.

그렇게 섬을 법인 명의로 구입을 하고 일주일에 한 번씩 정기적으로 식료품을 배달하게 계약을 했다.

성환과 계약을 한 이는 용역 회사를 하고 있는 진성이 알아봐 주었는데, 서해에 낚시꾼들을 태워 주는 어부였다.

어선 5척을 가진 선주였기에 계약이 가능했다.

솔직히 100여 명이나 되는 성인이 먹고 쓸 생필품을 인천항에서도 6시간 거리에 있는 곳까지 배달을 하려면 상당히 큰 배가 필요했다.

하지만 그런 배는 섬까지 운항을 하지 않는다.

그래서 차선책으로 계약한 것이 바로 이 사람이었다.

어선 5척이면 충분한 양의 생필품을 싣고 운항을 할 수 있었다.

물론 성환이 하루 일당을 충분히 쳐 주고 물품 구입 비용에 적당한 마진을 남기게 해 줬기에 계약이 가능했다.

아무튼 생필품 공급해 줄 사람도 구했기에 보름 전부터 본격적으로 훈련에 들어갔다.

물론 훈련은 오전에만 하고 오후에는 점점 더워지는 관계로 본격적으로 훈련에 들어가기 전 훈련장을 만들 요량으로 연병장을 만드는 작업을 하였다.

이때만은 성환도 두 팔을 걷어붙이고 함께 작업을 했다.

성환이 이렇게 삽을 들고 함께 작업을 하면 조폭 출신의 직원들은 모두 기겁을 했다.

명색이 회장님이 말단인 자신들과 함께 작업을 하는 것 때문에 처음 불만을 터뜨리던 이들은 입이 쏙 들어가고 말았다.

평소 폼생폼사를 모토로 삼았던 조폭들이기에 삽을 들고

작업을 한다는 것은 상상도 하지 않았을 것이다.

그런데 그들로서는 감히 올려다보지도 못할 위치에 있는 회장이 직접 삽을 들고, 또 자신들을 가르칠 교관들마저 삽과 낫을 들고 풀을 베며 땅을 고르는 일을 하니 따르지 않을 수도 없었다.

이렇게 밤낮으로 훈련과 작업을 하며 한 달을 보냈다.

한 달 동안 이들과 숙식을 함께한 성환은 내일 들어오는 배편으로 밖으로 나가기로 했다.

너무 이곳에 머물고 있는 것은 그리 좋지 못한 일이기 때문이다.

비록 자신과 협상을 했다고 하나, 김한수나 김병두가 어떤 행동을 보일지 모르는 일이고, 또 그와 반대로 손을 잡은 최진혁이나 김용성이 자신이 보이지 않는 시점에서 어떻게 변할지 모르기 때문이었다.

김한수나 김병두는 차치(且置)하고라도 최진혁이나 김용성을 믿을 수 없었다.

비록 그들이 한때 자신이 가르쳤던 특전사 출신이라고 하지만 그들은 조폭.

그런 그들이 어떻게 변했을지는 아무도 모르는 것이다.

그러니 특전사 출신이라고 해도 성환은 그들에 대해 경계를 놓지 않았다.

그들이 자신과 약속을 지킨다면 그들은 처음 약속 그대

로 서울의 한 지역을 담당하는 자들이 되겠지만, 만약 엉뚱한 생각을 한다면 과감하게 처리할 것이다.

군을 나오면서 삼청 프로젝트를 진행하는 과정에서 S1 프로젝트와 다르게 이것은 중도에 멈춤이란 없었다.

아니, 자신이 멈추려고 해도 군에서 멈추지 않을 것이 빤했다.

물론 자신도 세창의 계획을 듣고 찬성을 했으니 이번만은 끝을 볼 생각이다.

그리고 만약 자신의 계획대로만 된다면 군에서 진행되는 계획이 성공을 하더라도 자신을 함부로 숙청할 수는 없을 것이란 생각에 성환은 앞으로의 일이 흥미로웠다.

솔직히 성환은 현재 자신이 점점 인간의 범주에서 벗어나고 있다는 것을 가끔 느껴지고는 하였다.

인간으로서 감성은 사라지고, 이성만이 또렷하게 떠오르는 것이다.

이때면 자신도 모르게 흠칫흠칫 놀라곤 했다.

그러한 때면 성환은 자신이 언제부터 이런 느낌을 받았는지 생각을 해 보곤 했다.

그리고 결론을 내리길 그런 느낌을 처음 받았던 때는 누나가 죽음을 인지한 때부터란 결론을 얻었다.

백두산에서의 기연은 성환을 점점 인간이 아닌 존재로 바꾸고 있었다.

경지가 올라갈수록 그러한 경향은 짙어지고 있었는데, 무공의 경지가 오를수록 성환은 감성보다는 이성이 지배를 하는 것을 느꼈다.

어떠한 상태에서도 냉철한 판단을 내릴 수 있다는 것은 장점인 것 같으면서도 어떤 면에서는 단점이 될 수가 있었다.

이대로 가다가는 어쩌면 성환은 자신이 헐리웃 영화에 나오는 감성이 없는 기계 인간이나 그 비슷한 괴물이 될지도 모른다고 생각했다.

지금도 성환 내부에서는 단 두 가지의 가치를 위해 생각이 정리되고 있었다.

하나는 유일한 피붙이인 조카 수진에 대한 생각이고, 나머지 하나는 바로 삼청 프로젝트였다.

그것들을 이루기 위해 성환은 자신의 곁으로 온 S1을 1팀과 2팀으로 나눠 운영을 했다.

둘 다 자신이 생각하는 것들을 이룩하기 위해 나눈 것이다.

한쪽으로 몰기에는 그의 이성이 그렇게 두질 않았다.

이성적으로 생각해 가장 효율적인 운영은 둘로 나눠 운용을 하는 것이었기에 그리 행했다.

그리고 그런 판단을 하는 것에 어떤 망설임도 없었다.

'오늘 중으로 여기서의 일은 재환에게 맡기고 난 다시

뭍으로 나가 일을 진행해야겠다.'

한 달 동안 섬에 있는 동안 기본적인 것은 끝마쳤다.

그러니 자신이 이곳에 있는 것은 시간 낭비였다.

만약 고재환을 비롯한 1팀의 훈련을 위한 것이라면 자신이 남아 그들의 훈련을 봐 주는 것이 옳은 선택이겠지만 지금은 그것이 아닌 KSS경호의 신입들을 훈련시키는 것이 목적이니 더 이상 이곳에서 자신이 할 역할은 끝났다.

자신은 뭍에 나가 또 다른 일을 진행해야만 했다.

모든 일에는 때가 있는 법이다.

아무리 자신이 대단한 능력을 가지고 있다고 해도 개인이 할 수 있는 일에는 한계가 있기 마련이다.

그러니 큰일을 하기 위해선 어느 정도 세력이 필요하다.

그 세력을 꾸리는 데에는 그동안 공을 들인 만수파가 꼭 필요했다.

아마도 지금쯤이면 내부 결속은 끝났을 것이고, 이제는 세력을 확장하기 위해 외부로 눈을 돌리고 있을 것이 분명했다.

육사에서 교육을 받을 때 이러한 것도 모두 교육을 받았다.

특히나 비정규전을 치르는 특전사를 목표로 했던 성환이기에 이에 대한 교육을 누구보다 심도 있게 관심을 가지고 임했다.

만약 전쟁이 발발했을 때, 적진에 침투해 적에 대응하는 세력을 양성하고 또 어떻게 사용할 것인지에 관해서 많은 교육을 받은 성환은 만수파를 이용해 진원파를 통합하고 통합 과정에서 그들이 어떻게 행동할 것이며, 통합이 이루어진 이후 어떻게 행동할 것인지도 모두 예상을 했다.

그렇기에 성환은 최진혁이나 김용성에게 다른 지시를 내리지 않고 내부 단속만 하라는 지시만 남긴 채 일부 인원을 차출해 섬에 들어온 것이다.

아마도 이런 성환의 생각은 최진혁이나 김용성은 짐작도 못하고 그저 자신들의 욕심을 위해 행동할 것이 분명했다.

그렇다고 해서 성환에게 불리할 것은 아무것도 없었다.

모든 것이 다 계획에 들어가 있는 행동들이었다.

성환의 짐작으로는 지금쯤이면 최진혁이나 김용성이 주축이 되어 커진 세력을 가지고 주변의 조직들을 넘보고 있을 것이 분명했다.

그러니 성환은 지금 나가 그들의 행동을 묵인해 주면 되는 것이었다.

아니, 조금 힘겨워하면 거들어 주기까지 할 생각이다.

하루라도 빨리 서울을 통일하면 그만큼 삼청 프로젝트가 빠르게 진행이 될 것이기 때문이다.

◈　　◈　　◈

서초동의 한 룸살롱 아직 오후 4시뿐이 되지 않아 이제 막 영업 준비를 하기 위해 웨이터들이 분주하게 움직이고 있었다.

그런데 그런 웨이터들 중 일부가 가게 앞을 청소하기 입구로 나오는데, 일단의 남자들이 승합차에서 내려, 가게 안으로 뛰어들었다.

"조져!"

한 남자는 차에서 내린 남자들에게 그렇게 외치며, 자신의 뒤에 호위를 하듯 따르는 이들과 함께 천천히 걸어 들어갔다.

청소를 하다 말고 뛰어드는 남자들에 의해 모두 안으로 끌려 들어간 웨이터들과, 소란스러움에 청소를 하다 말고 입구를 쳐다보는 또 다른 웨이터들은 순간 공포에 질려 비명을 질렀다.

"으악! 살려 주세요."

"조용히 해, 십새끼들아! 고개 숙여!"

가게 안으로 뛰어든 남자들의 손에는 알루미늄 야구 배트나 목검이 들려 있었다.

그것을 머리 위로 휘두르며 공포 분위기를 조성하는 남자들로 인해 웨이터들은 얼른 그들의 지시에 따랐다.

웨이터들이 이럴 수밖에 없는 이유는 그들의 모습이 너

무도 위협적이기도 했지만, 사실 이런 일이 흔하게 일어나는 곳이 바로 이 바닥이기에 적대 세력의 기습은 자주 있는 일이었다.

물론 최근에는 세력권이 확실하게 갈려 별로 그렇지 않았지만, 몇 년 전만 해도 이런 일은 빈번히 일어났다.

더욱이 이 지역은 강남의 세력권 안에 있는 곳이기도 하고 또 강서의 세력권이 미치는 중간 지점이기에 더욱 그랬다.

그러다 백곰 우형준이 강서 조직 중 영등포에서 독립해 나오면서 관악과 이곳 서초의 일부를 가지게 되었다.

강서의 큰 세력인 영등포 조직의 지원을 받다 보니 기존 서초구를 장악하고 있던 조직은 백곰 우형준에게 밀려 지리멸렬하고 서초를 내주게 되었다.

이렇게 서초가 우형준의 수중으로 들어가면서 몇 년 잠잠했는데, 또 다시 혼란이 일어난 것이다.

기습한 사내들이 웨이터들을 단속하고 있을 때, 가게 입구에서 이들에게 지시를 내리던 사내가 천천히 걸어 들어왔다.

"방개는?"

사내가 말하는 방개는 바로 이 가세를 책임지고 있는 백곰파의 서열 5위인 물방개 윤유종이었다.

윤유종은 뛰어난 사업 수단을 가지고 하는 일마다 성공

을 거두고 있어, 31살이라는 젊은 나이에 벌써 이런 가게 3개를 운영하고 있었다.

물론 조직의 돈을 가지고 운영하고 있지만, 윤유종이 운영하는 가게에서 나오는 수익금이 백곰파가 벌어들이는 수익의 1/4을 차지할 만큼 엄청난 금액을 벌어들이고 있었다.

비록 이류지만 서울에 있는 대학을 나온 조폭치고는 엘리트 출신이 바로 윤유종이었다.

대학에서 경제학을 배워 그런지 돈을 굴리는 법을 아주 잘 알고 있었다.

그래서 그가 손대는 사업마다 대박을 쳐, 비록 서열이 5위라고 하지만 그에 대한 우형준의 신임은 대단했다.

그런 윤유종을 잡기 위해 사내는 먼저 들어간 부하들에게 물었다.

"아직 찾지 못했습니다."

"이 새끼야! 윤유종을 먼저 잡았어야지! 그놈이 오늘 이곳의 영업 실적을 파악하는 날이라 했으니 분명 있을 것이다."

사내의 말에 그의 옆에 있던 남자가 나서서 웨이터 중 한 명에게 다가가 그의 멱살을 잡고 윽박질렀다.

"방개 어디 있냐?"

"모, 몰라요."

퍽!

자신의 질문에 모른다고 대답하는 웨이터의 배에 주먹을 휘두른 남자는 복부에 주먹을 맞아 고통에 주저앉는 웨이터를 다시 세우며 물었다.

"어디 있냐?"

하지만 어린 웨이터는 정말로 모르는지 눈물을 흘리며 모른다 애원을 했다.

"전 정말로 사장님이 어디 있는지 몰라요. 정말이에요."

공포에 질려 애원을 하고 있는 어린 웨이터를 잠시 노려보던 남자는 그를 풀어 주고 그 옆에 있는 조금은 나이가 있는 웨이터를 쳐다보았다.

그런 남자와 눈이 마주친 그 고참 웨이터는 자신도 모르게 몸을 부르르 떨었다.

'으⋯⋯.'

자신과 눈이 마주친 웨이터를 보며 남자는 나지막한 목소리로 물었다.

"방개 어디 있냐?"

"그, 그것이⋯⋯."

"이 자식이 지금 상황 파악이 덜됐나, 너 죽고 싶냐?"

"아, 아니요. 아닙니다."

고참 웨이터는 얼른 고개를 흔들며 표현을 거칠게 했다.

"살고 싶으며 똑바로 말해라! 네 사장 어디에 있어?!"

"트, 특실에 있습니다."

"이 새끼가 어디서 구라야!"

가게 안을 모두 뒤졌지만 자신들이 찾던 물방개 윤유종
이 보이지 않았기에 특실에 있다는 웨이터의 말에 화가 난
사내는 대답을 한 웨이터의 뺨을 세게 올려붙였다.

짝!

"악! 정말이에요. 특실 안쪽에 보면 밀실이 있는데, 그
곳에 있을 거예요."

웨이터의 말에 뒤쪽에 있던 무리의 우두머리가 소리쳤다.

"어서 찾아와!"

사내의 말에 홀 안에 있던 사내들 일부가 가게 안쪽에 있
는 특실로 뛰어갔다.

그런데 정말로 특실 안에 웨이터가 말한 비밀 공간이 있
기는 했다.

하지만 그 안에도 윤유종은 보이지 않았다.

아니, 안쪽에는 웨이터도 모르는 비밀 통로가 또 있던 것
이다.

윤유종은 그곳을 통해 가게를 빠져나가고 그곳에 없었다.

윤유종이 자신들의 손에서 빠져나간 것을 깨달은 남자는
얼른 우두머리에게 보고를 했다.

"형님! 그 새끼 벌써 튀었는데요?"

"뭐야! 이런 개새끼, 병신들아! 그런 것 하나 못 잡아?!"

사내는 자신들의 목표를 바로 눈앞에서 놓친 것에 화가 나 자신에게 보고를 하는 부하의 뺨을 사정없이 갈겼다.

그런데 지금 이곳에서 벌어지는 일이 서초구 여기저기서 벌어지고 있었다.

물론 그들 중에는 이 사내처럼 자신들이 찾는 이를 목적대로 붙잡은 이들도 있고, 또 사내처럼 놓친 이들도 있었다.

◈　　◈　　◈

"어떻게 되었습니까?"

만수파의 본거지인 샹그릴라 호텔 사장실, 자신의 의자에 앉은 최진혁은 자신의 사무실로 들어오는 김용성 전무를 보며 물었다.

두목인 최진혁의 질문에 김용성은 낮은 목소리로 대답을 했다.

"기습은 성공적이었다고 합니다. 다만 처음 목표한 것에서 절반의 성공이라고 합니다."

절반의 성공이란 용성의 말에 최진혁은 인상을 잠깐 찌푸렸다.

"어떻게 된 일입니까? 분명 그들 내부의 정보를 다 숙지하고 기습을 했는데, 100% 성공하지 못하고 절반이라니요?"

"그것이 여우 같은 우형준이 도망칠 구멍을 미리 만들어 두어서 몇몇 간부들이 현장을 빠져나갔다고 합니다."

확실히 진인사대천명(盡人事待天命)이란 말이 꼭 맞았다.

아무리 철저히 준비를 했다고 해도 막상 일을 하다 보면 무조건 성공하는 것이 아니었다.

"그럼 피해는 어느 정도입니까?"

"예, 일단 백곰파가 보유한 지역 중 서초구는 완전 장악했다고 합니다. 다만 그곳을 운영하던 백곰파의 간부들을 모두 잡아들이지 못하고 일부 간부들이 도망을 쳤습니다."

"그러니까 우리의 피해가 어느 정도냐고요."

최진혁은 이번 기습에 동원된 만수파라면 백곰파가 소유한 서초구는 충분히 먹을 수 있다고 생각했다.

백곰파의 간부들을 붙잡아 소유권을 넘기게 만들면 쉽게 일이 진행이 될 것인데, 일부를 놓친 것 때문에 짜증이 난 상태에서, 엉뚱한 말을 하자 짜증이나 소리쳤다.

그런 최진혁의 모습에 김용성은 잠시 입을 다물었다.

"음음, 죄송해요. 제가 이번 일에 대해 많은 기대를 하다 보니 예민해졌나 보군요. 계속 하세요."

자신의 우군인 김용성에게 이렇게 하면 안 된다는 생각에 최진혁은 얼른 사과를 했다.

비록 자신이 만수파의 두목이라고 하지만 그래도 김용성을 이렇게 막 대할 수는 없는 일이었다.

막말로 지금까지 자신과 생사고락을 같이했고, 어떻게 보면 자신을 이 자리에 앉힌 사람이 바로 김용성이지 않은가?

그리고 조직 내에서도 자신보다는 김용성의 이름값이 아직은 더 높다 보니 조심을 해야 한다.

지금이야 자신과 한배를 타고 있어 같이 가지만, 언제 관계가 틀어질지 모르는 문제이니 조심해야 했다.

사실 인간관계라는 것이 아주 사소한 것에서 틀어지는 것이다.

작은 말실수 한 번으로 돈독했던 관계가 파국으로 이를 수 있는 일, 최진혁은 얼른 사과를 하고 보고를 마저 들었다.

김용성은 요즘 들어 최진혁의 성격이 조금씩 변하는 것을 지켜보고 있었다.

세력이 강성해지면서 그의 성격이 점점 예전 최만수 보스를 닮아 가고 있다는 생각을 하였다.

'그렇게나 최만수 보스의 결정들에 대해 반대를 하던 최 사장이 점점 그를 닮아가는구나!'

이런 생각을 하다 일단 보고를 하는 중이란 생각에 얼른 자신의 생각을 중단하고 보고를 마저 했다.

"몇몇 애들이 기습하는 과정에서 백곰파의 반격에 부상을 입었지만, 그리 큰 부상은 아닙니다."

"알았어요. 그럼 백곰파의 반격에 대비를 하라고 하세요."

"알겠습니다. 그렇게 전하도록 하겠습니다."

최진혁은 김용성에게 이번 백곰파 기습에 관해 보고를 받고 놓친 이들로 인해 백곰 우형준에게 자신들이 기습을 당했다는 사실이 전해질 것이라 생각했다.

그리고 우형준은 절대로 멍청한 이가 아니었다.

기습 때문에 정신이 없는 중에도 탈출한 이들이 보고를 한다면, 곧 자신들이 그들을 습격했음을 알게 될 것이고, 그렇다면 곳 바로 보복을 해 올 것이란 예상을 했다.

그렇기에 김용성에게 백곰파의 반격을 대비하란 주문을 했다.

◆　　◆　　◆

한편 가게에서 수익 결산을 보고 있던 윤유종은 밖이 소란스러운 것을 느끼고 부하에게 물었다.

그런데 누군가 기습을 했다는 보고가 들려오자 뒤도 돌아보지 않고 특실에 있는 밀실로 들어갔다.

백곰파가 운영하는 가게들은 모두 이런 시설들이 있었다.

단속 경찰이나 구청 직원들에게 접대와 돈 봉투를 넘기

며 기름칠을 하고 있다고 하지만, 가끔 기습적으로 단속을 할 때가 있었다.

특별 단속이라 해서 정부에서 실시하는 것으로, 이때는 아무리 자신들이 기름칠을 했어도 먹히지 않았다.

그도 그럴 것이 그들보다 더 높은 곳에서 직접 단속하는 것이라 사전에 정보를 주고받을 상황이 되지 않는 것이다.

이럴 때를 대비해 만들어 놓은 곳이 바로 밀실이다.

그런데 윤유종은 이에 더 나아가 그냥 밀실을 만드는 것이 아니라 밀실 안에 아무도 모르는 비밀 통로를 만들어 놓았다.

다른 방은 이런 비밀 통로가 없지만 이곳 특실만은 예외였다.

이곳에만 특별히 밖으로 빠져나가는 통로를 만들어 놓은 것이다.

혹시라도 조직의 간부들이 회식을 하고 있을 때, 적대 세력이 기습을 한다거나 아니면 검경이 특별 단속을 하여 잡으러 왔을 때, 빠져나가기 위해 만들어 둔 것이다.

그런데 이것을 정말로 자신이 쓰게 될 줄은 상상도 못했다.

그도 그럴 것이 요 몇 년간 백곰파나 주변 다른 조직들은 더 이상 피의 전쟁을 하지 말자는 협정을 했다.

사실 백곰파의 곁에는 강력한 조직인 진원파가 자리 잡고 있었다.

그들은 송파의 신호남파와의 전쟁 때문에라도 백곰파와 신사협정을 할 수밖에 없었다.

그렇게 필요에 의해 평화가 지속되기에 다른 조직이 습격을 하는 것 때문에 이 통로를 이용하게 될 것이란 예상을 못했는데 이렇게 사용하게 되자 자신도 모르게 화가 치밀어 올랐다.

"헉! 헉! 개새끼들, 어느 놈들인지 내 가만두지 않겠다."

비좁은 통로를 빠져나가면서 윤유종은 이를 갈았다.

통로는 비좁고, 또 만들어 놓고 사용을 하지 않았기에 먼지가 가득 쌓여 있고, 또 여기저기 거미줄이 쳐져 있었다.

비밀 통로이다 보니 조직 내 이곳을 알고 있는 사람은 자신뿐이었다.

비밀은 두 명 이상이 알고 있으면 그건 비밀이 아니란 격언을 철저히 신봉하는 윤유종이기에 이곳을 만들면서도 설계사에 웃돈을 주고 처음 설계한 설계도를 파기하였다.

자시의 신복에게도 말하지 않고 비밀을 지켰던 것이 이렇게 자신의 목숨을 구하게 되었다.

일단 이곳을 빠져나가 두목을 만나러 가야만 했다.

자신이 기습을 당했다는 것을 우형준에게 알리고 보복을 해야 하지 않겠는가?

"뭐야! 어떤 새끼들이 우릴 건들인 거야?!"

한참 접대를 하고 있던 우형준은 급하게 들어온 부하에게서 들은 이야기로 화가 나 소리쳤다.

"그게 아직 누군지 확실하지 않다고 합니다."

"뭐?"

누가 습격한지도 모르고 보고를 하는 부하의 황당한 답변에 우형준은 그만 보고를 하던 부하를 폭행하였다.

갑작스런 우형준의 폭행에 쓰러진 그를 대신해 옆에 있던 또 다른 부하 한 명이 보고를 하였다.

백곰파의 두목인 우형준은 조직의 이름에서도 알 수 있듯 2m에 육박하는 거구였다.

그 큰 덩치에 흰 양복만 입고 다닌다고 해서 백곰이었다.

그러다 보니 그의 주먹질은 일반 조폭들의 그런 주먹과는 그 파괴력이 달랐다.

어려서부터 큰 덩치로 씨름과 각종 격투기로 단련된 우형준이라 무심코 지른 주먹도 가볍게 넘길 것이 아니었다.

그런데 작정하고 폭행을 했으니 아무리 조폭이라도 남아나질 못했다.

그런 우형준의 모습에 부하는 긴장을 하며 대답을 했다.

"곧 윤유종 형님이 도착한다고 하니 그때 들어 보시죠."

조직의 꾀주머니인 윤유종이 도착을 한다고 하니 우형준은 일단 끓어오르는 화를 눌러 참기로 했다.

"유종이 오면 바로 알려라! 그리고 그놈은 병원에 데려가 치료 좀 받게 하고."

우형준은 방금 보고를 한 부하에게 보고를 하라고 지시를 내리고는 접대를 하던 방으로 들어가기 전 자신에게 맞은 부하를 병원에 데려가 치료를 하라는 지시를 내렸다.

이렇게 우형준은 성격이 조금 급한 면이 있기는 하지만 부하를 어느 정도 아끼고는 있었다.

참으로 모순된 모습이지만 이 때문에 그의 부하들도 우형준을 두려워하면서도 떠나질 못하는 것이다.

기분만 잘 맞춰 주면 떨어지는 것이 많은 우형준이기에 오늘 그에게 맞은 부하가 재수가 없는 것일 뿐이라 생각했다.

"알겠습니다."

부하의 말을 뒤로 하고 우형준은 접대를 하던 특실로 들어갔다.

◈　　◈　　◈

"이거 죄송합니다. 갑자기 일이 생겨서……."

우형준은 방으로 들어와 안에 있던 사람들에게 사과를 하였다.

솔직히 오늘 자리에 있는 사람들은 굳이 자신이 챙길 필요는 없었다.

일선 경찰서의 과장급 인물이기에 부하들을 시켜도 되는 문제였지만, 자신의 직업이 직업이다 보니 경찰들과 사이가 나빠서 좋을 것은 없었다.

그래서 이렇게 한 달에 한 번식 자리를 마련해 접대를 하는 중이었다.

"바쁘신 우 사장님이니 비즈니스가 많으시겠지요. 다 이해합니다."

안쪽에 있던 과장 한 명이 우형준의 말을 받으며 대답을 했다.

그는 서초 경찰서의 강력계 과장으로 사실 우형준과는 이런 자리에서 마주할 사람이 아니었다.

아니, 이 자리에 있는 사람들 모두 우형준과 같은 조폭을 만나선 안 될 직업을 가진 사람들이다.

그런데 이 자리에 있는 사람들은 자신의 직업과 상관없이 수중에 떨어지는 돈을 위해 자신의 본분도 잊고 이렇게 조직폭력배 두목인 우형준의 접대를 받고 있었다.

"자자, 한 잔 드시지요."

우형준이 자리에 앉자 조금 전 나섰던 박철원 과장이 술을 들었다.

사실 그가 든 술도 우형준이 사는 것이지만 철원은 자신이 사는 것마냥 우형준에게 술을 들어 보이며 말을 하였다.

그런 박철원의 모습에 전혀 어색함이 없는 것을 보면 이런 자리를 한두 번 하는 것이 아닌 듯 보였다.

"좋지요. 이거 박 과장님께 술을 받다니 영광입니다."

"무슨 영광씩이나! 얼른 받고 한 잔 주시오."

"그러지요."

술잔에 술이 따라지고 모두의 잔이 채워지자 또 다른 경찰이 잔을 들며 구호를 외쳤다.

"지역의 발전을 위해!"

"발전을 위해!"

"우 사장님의 사업 발전을 위해!"

한 명이 구호를 외치자 또 다른 사람도 우형준에게 잘 보이기 위해서인지 우형준이 벌이는 사업이 번창하길 빈다는 구호를 하였다.

방 안은 이렇게 경찰과 조폭이 어울려 화기애애한 분위기를 연출하였다.

하지만 술을 받는 우형준의 속내는 결코 분위기와 같지

않았다.

조금 전 부하에게 들었던 일로 머릿속이 무척이나 복잡했다.

누가 감히 자신의 구역을 침범했는지 생각하느라 머릿속이 터질 것 같았다.

'어떤 놈들이지? 구로의 양아치들인가? 아니, 아니야! 그놈들에게는 그런 배짱이 없어, 그럼 누구지? 음…… 혹시!'

우형준은 머릿속에 떠오르는 용의자들을 일일이 검토를 해 보았다.

가장 먼저 떠오른 것은 한때 자신과 한솥밥을 먹은 안기준이었다.

일명 양아치라 불리는 안기준을 생각해 보았지만 그의 배짱으로는 감히 자리를 잡은 자신에게 이런 도발을 하지 못한다.

안기준은 조폭이면 조폭답게 행동을 해야 하는데, 무슨 고삐리 생양아치마냥 애들 푼돈이나 뜯는 그런 남자였다.

더욱이 겁은 엄청 많아 아직도 독립해 나온 영등포 조직에 상납을 하며 발을 반쯤 걸치고 있었다.

그런 것을 생각해 보면 감히 안기준이 자신의 조직에 그런 짓을 했을 것이란 생각을 쉽게 떠오르지 않았다.

이렇게 용의자를 한 명씩 제거해 나가는 중 문득 만수파가 생각이 났다.

압구정과 청담동 일대를 장악하고 있던 만수파는 전대 최만수 두목이 있을 땐 감히 그 세력이 무서워 엄두를 내지 못했다.

물론 최만수가 두려운 것이 아니라 그의 뒤에 있는 배경이 두려운 것이었다.

어떻게 해서 그런 배경을 가지게 되었는지는 모르지만, 국회의원을 뒤에 끼고 있기에 먹음직스러운 지역을 가지고 있었지만 엄두를 내지 못했다.

하지만 무슨 이유에서인지 최만수가 갑자기 사망을 했다.

더욱이 기존 간부들과 최만수 다음으로 두목이 된 그의 아들 간에 알력이 발생을 했다.

그런 정보를 듣고 우형준의 마음에 욕심이 생겼다.

그래서 만수파 간부 중 한 명인 박상철과 손을 잡았다.

먼저 손을 내민 것은 박상철이었다.

그렇기에 속내를 숨기고 그가 원하는 조건에 부하들을 빌려 주기까지 했다.

그런데 그날 보냈던 부하들이 모두 병신이 되어 돌아왔다.

뿐만 아니라 만수파에 모두 포로로 잡히는 바람에 많은 배상금을 물어 줘야 했다.

이런 생각이 들자 우형준은 이번 일이 만수파에서 벌인 일이 아닌가? 하는 의심이 들었다.

정말로 우연한 일이지만 우형준의 생각이 맞았다.

만수파에서는 그때의 일을 명분으로 우형준의 백곰파 영역을 침범한 것이었다.

3.
확산되는 구역 전쟁

서울에 산재한 조직들이 긴장하기 시작했다.

그동안 잠잠하던 조직의 세계에 파문이 일기 시작했다.

서울의 밤은 그동안 세력 균형이 맞아 각 조직들은 협정을 통해 각 구역을 인정하고 상대의 지역에 침범을 하지 않았다.

그런데 그러던 것이 이번에 그 룰이 깨졌다.

아니, 조짐은 진즉부터 있었다.

작년 말에 시작된 강남의 조직 두목들의 연이은 죽음 때문에 서울에 있는 조직들이 술렁이기 시작했었다.

하지만 그것도 잠시 정치권에서 억지로 눌러 사고가 일지 않았다.

그저 물밑으로 이리저리 알아보는 정도로 시기를 점치고 있었다.

그런데 강남의 조직 중 한 곳인 만수파에서 사고를 치고 말았다.

정치권에서 경고를 하며 소란을 부리지 말라고 했었는데, 그것을 무시하고 사고를 친 것이다.

물론 만수파라면 뒤에 김한수라는 괴물이 버티고 있으니 그럴 수 있다고 생각할 수도 있었다.

하지만 만수파의 사정을 알고 있는 조직에서는 그렇게 생각하지 않았다.

최만수 두목이 죽으면서 만수파와 김한수 의원의 끈이 떨어졌다는 것을 너무도 잘 알기 때문이다.

그런데 뒷배도 없이 만수파에서 정치권의 경고를 무시하고, 백곰파에 선전포고도 없이 기습을 감행한 것이다.

물론 너무도 전격적으로 벌어진 일이라 언론이나 다른 곳에는 알려지지 않았지만, 조직 세계에서는 이미 소문이 퍼질 대로 퍼졌다.

만수파의 기습으로 백곰파는 상당한 피해를 입고 자신들의 터였던 서초구를 만수파에 빼앗겼다.

이미 기세가 오른 만수파는 서초구에 그치지 않고 백곰파의 남은 지역까지 치고 들어가고 있었다.

이 때문에 갑자기 커진 만수파의 기세에 당황하던 주변

의 조직들이 만수파에 경고를 했다.

하지만 만수파의 두목인 최진혁은 백곰파의 우형준이 먼저 자신들을 도발했다는 명분을 앞세워 주변 조직들의 경고를 무시했다.

그런데 주변 조직들은 최진혁이 증거로 내민 것이 너무도 확실하기에 더 이상 만수파를 압박하지 못하고 경과를 지켜보기로 할 수밖에 없었다.

◆　　◆　　◆

자신의 조직을 습격한 이들이 만수파라는 것을 알게 된 우형준은 조직을 정비하고 만수파에 대한 보복을 다짐했다.

하지만 우형준의 시도는 실패로 돌아갔다.

최진혁의 만수파는 예전의 만수파가 아니었다.

다른 조직들 모르게 진원파를 흡수해 사실상 강남의 패자가 되었다.

뿐만 아니라 체질 개선을 하여 다른 조직과 다르게 정예화를 하였다.

이러한 사실을 모르고, 그저 아직도 간부와 새로운 두목 간에 불협화음을 내는 그런 조직으로 인식하고 있었기에 우형준의 그 어떤 시도도 모두 실패하고 말았다.

두 번의 기습도 실패하고, 두목인 최진혁에 대한 테러도 모두 실패로 돌아갔다.

이는 정보의 중요성을 모른 우형준의 패착이었다.

적에 대한 정도도 모르면서 무턱대고 한 대 맞았으니 보복을 하겠다는 치기 어린 생각으로 달려든 우형준과 백곰파였기에 당연한 수순이었다.

사실 규모면에서는 예전 만수파에 비해 백곰파가 좀 더 큰 구역을 가지고 있던 강해 보이지만, 솔직히 만수파가 가진 알짜배기 사업들에서 벌어들이는 수익은 백곰파의 배를 넘고 있었다.

그런데 지금은 더 큰 조직인 진원파 마저 통합하지 않았는가?

만약 이런 사실을 알았다면 우형준은 감히 만수파에 보복을 생각하지 못했을 것이다.

하지만 사람의 일이란 것이 뜻대로 되지 않는다고 했던가?

다행이라면 우형준이 그렇게 실수 아닌 실수를 하고 있을 때, 송파의 신호남파에서 그런 우형준에게 손을 내민 것이다.

송파의 신호남파 두목인 백도길은 올 초 진원파의 두목 이진원이 죽어 흔들리는 진원파를 처리하기 위해 독립을 꿈꾸는 진원파 간부들 일부를 부추겨 진원파의 내부 결속을 무너뜨리는 작업을 하고 있었다.

그 일의 추진에 힘을 실어 주기 위해 조직의 2인자인 부두목인 최대식을 보냈는데, 그가 실종이 되었다.

아직도 부두목인 최대식이 어디로 사라졌는지는 아무도 몰랐다.

그저 진원파의 박용식을 만나 마지막 조율을 하기 위해 나간 뒤로 연기처럼 사라져 버렸다.

그 때문에 백도길은 진원파를 예의주시하고 있었는데 뜻밖의 사실을 알게 되었다.

어느 순간 진원파와 만수파가 함께 어울리고 있던 것이다.

뿐만 아니라 마치 한 식구처럼 어울리는 것이 뭔가 있다는 생각에 자세히 알아본 결과 놀라운 사실을 알게 되었다.

그건 만수파와 진원파가 통합이 된 것이다.

외부에는 아직 알려지지 않았지만 두 조직이 통합된 것이 분명했다.

만약 이 사실이 외부에 알려진다면 엄청난 파장이 일어날 것이란 사실이다.

솔직히 현재 조직 세계는 공권력과 적당히 타협을 하며 균형을 맺고 있었다.

그렇기에 별다른 잡음 없이 흘러가고 있는 것이다.

그런데 이러한 때에 만수파—만수파+진원파—와 같은 거대 조직이 발생했다는 것이 알려진다면 그냥 그대로 흘러

가지 않을 것이 분명했다.

우선 지금까지 균형을 이루던 것이 깨진 암흑가는 술렁일 것이고, 암흑가뿐만 아니라 경찰이나 검찰에서도 너무 거대해진 만수파를 버거워할 것이 분명하다.

그래서 거대해진 만수파를 분쇄하기 위해 뭔가 명분을 만들 것이 분명했다.

그리고 그건 범죄와의 전쟁으로 이어지리라.

조직 폭력 특별법 같은 특별법을 만들어 단속을 할 것이 분명했다.

대한민국의 정치권이나 상류층들은 권력을 휘두르는 것을 전혀 두려워하지 않는다.

말로는 평등을 외치면서도 자신들 외에 다른 이들이 힘을 갖는 것을 병적으로 싫어한다.

일예로 오래전 율산 그룹과 제세 기업이란 곳이 있었다.

기존 재벌이 아닌 젊은 창업자들이 젊음을 불사르며 무섭게 치고 오른 신화와 같은 재계의 무서운 아이들이었다.

하지만 그들은 기존의 재벌들의 눈 밖에 나면서 타오르듯 일어난 것과 비슷하게 재벌들의 장벽을 넘지 못하고 무너졌다.

이는 경제계뿐만 아니라 다른 곳에서도 흔히 있는 일이었다.

권력은 부자지간에도 나누는 것이 아니라고 했던가?

권력의 맛을 알고 있는 집권층들은 절대로 권력을 다른 이들과 나누려하지 않았고, 또 새로운 경쟁자가 나오는 것을 원하지 않았다.

그렇기에 자신들만의 커넥션을 만들어 새로운 경쟁자로 나서는 이들을 올라오지 못하게 짓밟았다.

솔직히 조폭이 세력이 강해 봐야 얼마나 강하겠어? 라는 의문을 가진 이들은 그들을 잘 모르는 일반인들뿐이다.

조폭들을 자신들의 구린 일에 사용하는 권력자들은 그들의 세력이 커지면 그 역학 구도가 바뀌어 오히려 자신들의 목줄을 쥐고 자신들을 쥐락펴락할 것을 너무도 잘 알고 있다.

그리고 실제로도 일부 국회의원들은 거대 조직의 편의를 봐주는 대가로 일정 자금을 받기도 한다.

마치 후원자가 장학금을 주듯 돈과 약점을 잡아 국회의원들을 조종하는 것이었다.

그렇기에 만약 만수파가 이렇게 거대 조직으로 거듭난 것을 알게 된다면 그 파장은 만수파만의 문제로 끝나는 것이 아니었다.

그러니 백도길은 어떻게든 만수파의 일이 외부에 알려지기 전에 그 세력을 줄여 놓든가, 아니면 만수파를 해체시켜야만 했다.

그렇다고 다른 조직에 만수파의 실체를 알려 줄 수도 없었다.

만약 그랬다가 만수파의 비밀이 외부에 알려질 수도 있기 때문이다.

고례로 비밀은 많은 사람이 알수록 비밀은 지켜지지 않는다 했다.

그래서 하는 수없이 궁리 끝에 최선의 선택을 한 것은 바로 만수파와 분쟁을 벌이고 있는 백곰파와의 연대(連帶)하는 것이었다.

비록 백곰파의 규모가 자신들과 비교가 되지 않는 작은 조직이지만 어쩔 수 없었다.

명분을 위해서는 어쩔 수 없는 일이었다.

만수파가 명분을 내세워 백곰파를 친 것처럼 자신들도 두 조직의 일에 끼어들기 위해선 명분이 필요했기 때문이다.

◆　　◆　　◆

처음 기세와 다르게 백곰파와 신호남파가 연합을 하자 만수파의 기세는 많이 꺾였다.

금방이라도 백곰파 영역을 모두 차지할 것만 같았던 기세는 기습적인 신호남파의 개입으로 점점 수세로 몰리기 시작했다.

아무리 만수파가 진원파를 흡수해 통합을 이루었다고 하지만, 많은 인원이 축출되고 또 정예 중 100명에 가까운 인원을 성환이 데려갔기 때문에 사실상 전력은 통합되기 전 진원파 정도의 세력뿐이었다.

즉 두목인 최진혁이나 김용성 전무 등 간부들이 합심을 하여 전력을 키웠다고 하나, 그만큼 빠져나간 힘이 많았다.

그런데 진원파와 척을 지고 있는 신호남파의 전력은 성환이 처리한 부두목인 최대식과 그의 측근 몇 명이 사라진 것 외에는 어떤 피해도 없었고, 또 비록 만수파에게 밀리고 있으나, 백곰파도 보스인 우형준을 중심으로 남은 조직원들이 뭉쳐 있다 보니 만수파로서는 두 조직을 상대하기가 버거웠다.

더욱이 두 조직이 동서로 위치해 있다 보니 전력이 뭉치지 못하고 분산되어 각개격파가 되고 있었다.

그러다 보니 만수파에서는 비상이 걸렸다.

계획대로만 진행이 되었다면 백곰파는 진즉에 자신들의 수중에 들어왔어야만 했다.

그런데 어떻게 된 일인지 전혀 연관도 없던 두 조직이 손을 잡게 되었는지 알 수가 없었다.

그 때문에 대책을 마련하기 위해 최진혁은 간부들을 불러 모았다.

샹그릴라 호텔 대회의실.

그곳에 만수파 두목인 최진혁이 상석에 앉아 있고, 좌우로 김용성과 작두를 필두로 만수파의 간부들이 자리하고 있었다.

"그래, 두 조직을 상대하기 위해 우리가 취할 행동은 어떻게 하면 되는 것이오?"

최진혁이 간부들을 둘러보며 말을 했지만 누구 하나 선뜻 나서서 대답을 하지 못했다.

그도 그럴 것이 괜히 나서서 대답을 했다가 자신이 총대를 메야 할지 모르기 때문에 몸을 사리는 것이다.

아무도 대답을 하지 않자 최진혁은 직접 호명을 했다.

"백 이사가 말씀해 보십시오."

진혁은 신호남파와 경계를 이루는 지역에 영업장을 가지고 있는 백원만 이사를 집어 물었다.

하지만 호명을 당한 백원만은 진혁의 물음에 대답을 하지 못했다.

언제나 눈치만 보며 자신의 이득만 생각하는 백원만이다 보니 이렇게 뭔가 대책이 필요한 때 안건을 자신의 안전을 위해서라도 침묵을 지키는 것이다.

그러다보니 회의장 분위기는 더욱 험악해져 갔다.

이렇게 대책이 없는 이들이 조직의 간부들이란 생각에 최진혁은 가슴이 답답했다.

'제길, 내가 미쳤지. 이런 위인들을 데리고 세력 확장의

꿈을 키웠다니.'

정말이지 백원만 이사의 모습을 보던 최진혁은 속으로 자신의 어리석음을 한탄했다.

백곰파를 습격하기 전 가졌던 자신감은 현재 온데간데없이 사라졌다.

잠실 쪽에서 치고 들어오는 신호남파의 파상 공격으로 그쪽을 막으려고 신경을 쓰다 보니 초기 확보했던 서초의 영업장들을 백곰파에 도로 내주게 되었다.

그나마 다행이라면 그렇게 밀리면서도 아직까지 본거지의 어느 곳도 내주지 않은 것은 정말이지 천만다행이었다.

"저……."

이때 조용히 분위기만 살피고 있던 간부 한 명이 주저하며 입을 열었다.

"네, 말씀하세요."

"다름이 아니라, 회장님께 도움을 청하는 것이……."

"안 돼!"

입을 연 간부가 어려운 상황을 타파하기 위해 성환에게 도움을 청하자는 의견을 내놓았다.

하지만 그가 입을 열기 무섭게 진혁과 김용성이 동시에 다급한 얼굴로 거부를 하였다.

최진혁의 경우 얼마나 다급했으면, 지금까지 간부들에게 반 존칭을 해 주던 것도 잊고 당황한 얼굴로 소리쳤다.

그런 진혁의 모습에 안건을 꺼냈던 간부도 당황해 자리에 앉았다.

진혁은 자신의 실책을 깨닫고 차분하게 말을 했다.

"이거 안건을 말씀하신 것인데, 죄송합니다. 하지만 방금 최 이사님이 하신 말씀은 못 들은 것으로 하겠습니다."

무엇 때문에 진혁이 거부를 하는 것인지 알지는 못하지만 뭔가 이유가 있을 것이라 생각하고 조용히 입을 다물었다.

한편 조금 전 질문을 받아 아무런 말도 하지 못한 것 때문에 고개를 숙이고 있던 백원만은 진혁이나 김용성 전무의 반응에 고개를 갸웃거렸다.

회장이 나선다면 충분히 이번 위기를 넘길 수 있을 것인데, 아니, 회장이 아니라 그가 데려간 100명의 정예들만 있어도 지금 조직에 닥친 위기는 충분히 극복이 가능했다.

그런데 무엇 때문에 그런 좋은 안건에 대해 거부를 하는 것인지 이해할 수가 없었다.

'우리들이 알지 못하는 뭔가가 있군!'

벌써 대책 회의를 시작한 지도 1시간이 흘렀지만 아무런 대책이 나오지 않고 있었다.

기껏 나온 안건이라는 것은 최진혁이 받아들일 수 없는 것이었다.

성환이 정예들을 차출해 가면서 내부 결속을 다지라는

말을 하고 갔는데, 자신은 그에 그치지 않고 조직이 정비가
되자 욕심이 생겨 힘을 외부로 표출을 하였다.

초반에는 자신의 생각대로 일이 진행이 되어 기분이 무
척이나 좋았다.

하지만 그것도 잠시 느닷없는 신호남파의 기습으로 흔들
리기 시작하더니 급기야 초반에 먹은 서초를 내주고 말았
다.

자신들에게 아무런 이득도 없는 일에 무엇 때문에 뛰어
든 것인지 진혁은 생각만 해도 화가 났다.

더욱이 자신은 명분이 있음에도 일부러 그들과 척을 지
지 않고 있었는데, 그들이 먼저 자신을 공격하자 화가 났
다.

이렇게 같은 공간에서 다른 생각들을 하고 있을 때, 회의
장으로 들어오는 인영(人影)이 있었다.

◈　　◈　　◈

성환은 섬을 나와 진성에게 문의를 해 보았다.

자신이 섬에 들어가 있던 시간 동안 어떤 변화가 있었는
지 알아보기 위해서다.

군인이 작전을 펼치기 위해서는 정보가 필요하다.

비록 자신은 군대를 전역했지만, 아직도 작전 중이다.

그것이 아니더라도 정보가 있어야 앞으로의 일을 추진할 때 참고가 되기에 일단 정보를 알아보기로 하고 진성에게 연락을 넣었다.

그리고 역시나 진혁이나 김용성은 자신의 예상을 벗어나지 못했다.

어쩌면 그리 자신의 예상을 벗어나지 못하는 것인지 알다가도 모를 일이었다.

군에서 전략전술을 배웠으면서도 보는 눈이 그리 없어서 어떻게 할지 걱정이 되기도 했다.

역시나 그들은 한 지역을 책임지는 책임자보다는 그저 윗사람의 지시를 받아 관리하는 관리자 정도의 역량뿐이 가지지 못한 위인들임을 확인하였다.

진혁과 용성에 대한 판단을 내리고 또 만수파의 현재 상태와 주변에 관해서도 살펴보았다.

그런데 예상치 못한 것이 있었다.

그건 최진혁이 생각보다 능력이 조금 있기는 한 것인지 예상보다 빠르게 조직을 장악했다는 것이다.

자신이 판단하기에 비록 진원파를 흡수하긴 했지만, 기존의 간부들이 순순히 진혁의 말을 따를 것이란 생각을 한 것은 아니었다.

물론 작두가 자신을 어느 정도 겪어 봤으니 그들이 자신의 뜻을 거스르진 않을 것이지만, 그래도 이렇게 빠르게 조직을 수습할 것이라고는 생각지 않았는데, 자신이 예상한 것보다 빠르게 조직을 수습하는 바람에 사단이 벌어졌다.

자신이 섬을 나올 쯤에 일을 벌일 것으로 예상을 했는데, 보다 빠르게 조직을 수습하다 보니 시기가 빨랐다.

그 때문에 애써 장악한 조직이 흔들리기 시작했다.

일을 벌이려면 최악의 상황을 상정하고 그에 대한 대책을 세운 다음에 일을 했어야 하는데, 최진혁이나 김용성은 그런 상황을 생각지 않고, 그저 자신들의 전력만 생각해 지금의 위기를 자초한 것이다.

그리고 그뿐 아니라 성환이 생각하기에 만수파가 지금에까지 밀리게 된 뒤에는 아무래도 조직 내 배신자가 있는 것 같았다.

그렇지 않고서야 이렇게 시기적절하게 신호남파가 만수파의 뒤통수를 갈길 수 없을 것이기 때문이다.

한참 앞만 주시하고 달리고 있는데, 느닷없이 뒤에서 기습을 당했으니.

아무리 강남을 통일하고 진원파를 흡수한 만수파라도, 비슷한 힘을 가진 거대 조직이 뒤통수를 치니 정신을 차릴 수 있겠는가?

그런 전차로 지금 만수파 아니, 최진혁이나 만수파 간부들은 대책 없이 이리 치이고, 저리 치이는 것이다.

모든 상황이 파악이 되자 성환은 자신이 나설 때라고 생각했다.

사람이란 망각의 동물이다.

분명 자신의 명령도 없이 최진혁이 백곰파를 공격한 것은, 자신에 대한 공포가 희석이 되었다는 것을 반증한다.

성환은 이번 기회에 최진혁에 대한 제재를 할 필요성을 느꼈다.

물론 그렇다고 만수파의 두목 자리에서 내려앉히겠다는 것은 아니다.

그저 다시 한 번 자신의 힘을 보이고 진혁의 권한을 어느 정도 줄이겠다는 생각이다.

진성이 넘겨준 정보를 토대로 계획이 서자 만수파의 간부들이 모여 대책 회의를 하고 있는 곳으로 향했다.

◈　　◈　　◈

성환이 자리에 앉아 주변을 둘러보았다.

회의장에 성환이 들어서자 기존에 앉아 있던 자리에 변화가 생겼다.

이는 성환의 직함이 회장이기에 사장인 최진혁이 자리를 양보하고, 그러다 보니 차례로 서열상 하위자는 자리를 한 자리씩 물러나 앉을 수밖에 없었다.

뿐만 아니라 성환은 대책 회의장에 들어오기 전부터 작

정을 하고 이 자리에 온 것이기 때문에 분위기를 연출하고 있었다.

몸속에 내공을 운용해 기감을 회의장 안으로 넓게 퍼뜨렸다.

성환이 그렇게 기감을 퍼뜨린 것은 비록 이들이 자신처럼 무공을 수련한 이들은 아니지만 몇몇은 수라장을 거쳐오면서 기감이 발달해 있는 이들이 있기 때문이다.

그런 이들의 기를 죽이는 데는 이렇게 인위적으로 내공을 운영하는 것만큼 좋은 것이 없었다.

보이지는 않지만 분위기가 변하기 때문에 기감이 뛰어난 이들은 그것만으로 상대의 강약을 알아본다.

한참을 그렇게 조용히 장내를 둘러보았다.

성환이 한 사람 한 사람 쳐다볼 때마다 그 사람은 전기에라도 감전이 된 듯 움찔거렸다.

"훗, 내 시선을 재대로 쳐다보는 이들이 없는 것을 보니 뭔가 잘못을 저지른 것 같은데……."

낮은 목소리였지만 실내에 있던 모든 사람들의 귀에는 천둥소리처럼 들렸다.

특히나 성환의 말에 가장 크게 움찔한 사람은 역시나 임의로 조직을 동원한 진혁이었다.

만약 계획대로 백곰파를 장악하기라도 했다면 어느 정도 두려움이 덜할 터인데, 그러지도 못하고, 오히려 앞뒤로 적을 두게 되어 사면초가인 상태에서 성환이 나타나자 그가 두려운 것이었다.

아무도 대답을 하지 않자 성환은 다시 한 번 주변을 둘러보고 말을 했다.

"내가 내부 정비만 하고 있으라고 했는데, 그 이야길 주의 깊게 들은 사람이 한 명도 없더군."

성환이 말이 있고 진혁과 김용성은 가슴이 철렁했다.

다른 사람도 아닌 성환이 다시 한 번 그 일을 가지고 언급을 하자 더욱 고개가 숙여졌다.

이 자리에 있는 간부들이야 그저 두목인 자신이 정한 일에 피동적으로 움직인 것뿐이니 모든 잘못은 자신들에게 있는 것이라 생각했기 때문이다.

하지만 성환은 그렇게 생각하지 않고 있었다.

인간은 생각이란 것을 해야 한다.

그래야만 어려운 일에 닥쳤을 때, 그 어려움을 극복할 수가 있는 것이다.

하지만 남의 지시만 따라 움직이는 자들은 그런 어려움이 닥쳤을 때, 그 위기를 극복할 생각도 하지 못하고 허둥댄다.

그리고 다른 사람이 자신의 어려움을 해결해 주길 기다린다거나 아니면 요행수를 바란다.

성환은 지금 이런 것을 지적하는 것이지, 자신의 지시를 온전하게 따르지 않고 다른 일을 벌이다 조직이 어려워진 것을 타박하고 있는 것이 아니었다.

아니, 이런 일은 언젠가 해야 할 일이기에 어쩌면 잘된 일이라고도 생각하는 중이다.

물론 아주 잘했다는 것은 아니다.

진혁과 김용성이 자신의 생각을 알고 능동적으로 움직인 것이라면 일을 이 지경까지 만들지는 않았을 것이다.

자신의 것도 다 파악을 하지 못한 상태.

그저 흡수한 조직원들을 화합시키는 정도에서 일을 벌이는 바람에 생각지 못한 적의 출연으로 위기에 처한 것이라 판단하였다.

사실 만수파를 주도하고 있는 최진혁이나 김용성은 이번 일을 계획할 때, 진원파 출신인 작두는 배제한 채 일을 진행을 시켰다.

그러다 보니 몇 달이 지났다고 하지만 만수파 내부에서 불만이 전혀 없는 것은 아니었다.

어느 곳이나 서로 다른 조직이 통합이 되었을 때 충돌이 있는 것이 당연하다.

그런 충돌 속에서 머리도 깨지고, 피도 나고 하면서 한 덩어리로 어울려 발전하는 것이다.

그렇지 못한 조직은 내부 갈등으로 지리멸렬하는 것이고 말이다.

그런데 만수파는 그런 과정을 겪지 못했다.

만수파가 그런 과정도 없이 화합을 이루게 된 것은 전적으로 성환 때문이다.

상황이 급하기도 했고, 또 만수파나 진원파 모두 성환에 의해 조직의 두목을 잃고 만신창이가 된 상태에서 배신자들로 인해 반쪽이 되고 말았다.

그 상태로는 사실상 옆에 자리 잡은 백곰파나 신호남파에 먹히고 말 상황이었다.

그런 상태에서 성환은 억지로 두 조직을 통합시켰다.

물론 반발이 없던 것은 아니었지만, 강력한 무력으로 그런 불만들을 모두 침묵시켰다.

그러다 보니 외적으로는 두 조직이 통합되어 보이지만, 알게 모르게 두 조직이 겉돌고 있었다.

이번 문제도 진원파 출신의 간부들이 적극적으로 행동을 취했다면 일이 이 지경에까지 오지는 않았을 것이다.

어쩌면 밀리던 백곰파가 신호남파와 손을 잡기도 전에 그 지역을 다 먹어 치웠을지도 모르는 일이다.

물론 인생에 만약에, 라는 것은 없지만, 그래도 만수파와 진원파의 전력이 온전하게 화합이 되었다면 백곰파가 지금까지 버티지 못했을 것이란 사실은 이 자리에 있는 누구나 상상할 수 있었다.

하지만 결과는 그렇지 못했다.

일부 간부들은 서로를 믿지 못하고 경계를 하면서 자신의 조직을 단속했다.

그러다 보니, 보다 적극적으로 행동을 하지 못해 이 지경이 되었다.

이런 점을 성환은 고치고, 이것을 계기로 자신이 없는 사이 엉뚱한 욕심이 생긴 진혁에게 경고를 하며, 또 소극적이고 겉돌고 있는 간부들에게도 경고까지 할 요량인 것이다.

"지금부터 내가 직접 움직일 것이다."

성환의 선언이 있자 진혁을 비롯한 간부들이 움찔했다.

이 자리에 있는 이들은 성환이 직접 움직였을 때, 어떤 결과가 나타나는지 알고 있기 때문이었다.

특히나 용성이나 작두는 더욱 두려운 눈이 되었다.

샹그릴라 호텔 지하 주차장에서의 일이나, 진원파를 정리할 때, ACE클럽에서의 사건은 작두에게 잊지 못할 화인(火印)이 되어 뇌리에 새겨졌다.

그러니 지금 직접 움직이겠다는 성환의 선언은 그런 일이 또 벌어진다는 말과 같았다.

물론 회장인 성환이 직접 움직이면 자신들의 몸이야 편하겠지만 그 파장은 결코 작지 않을 것이다.

비록 자신들이 조직 폭력배이기는 하지만 성환이 벌이는 일을 지켜보는 것이 편한 것은 아니다.

옛날과 다르게 요즘의 조폭은 비즈니스를 한다.

물론 그런 것이 통하지 않을 때는 간단하게 폭력을 이용한 힘을 보이기는 하지만 성환처럼 병신을 만들어 놓지는 않았다.

하지만 진혁이나 용성 그리고 작두가 모르는 것이 있었다.

성환이 그렇게 손을 써서 암흑가를 떠나게 만든 이들은 모두 이유가 있어서 그렇게 만들었다.

사람을 향해 손을 쓰는 것에 주저함이 없는 사람이나 아니면 자신을 공격할 때, 살기(殺氣)를 뿜어 대던 이들만이 그런 결과를 맞게 되었다.

자신의 몸을 아끼면서도 타인의 몸에 아무런 감정 없이 손을 쓰는 사람들은 온전한 인간이라 보지 않기 때문에 그들에게 과감하게 손을 썼다.

그런 이들은 사회에 전혀 도움이 되지 않는 위험인자일 뿐이다.

그리고 조직 폭력배는 될 수 있으면 없는 것이 좋지만, 사람이 사는 사회에서 이런 이들이 아주 없을 수는 없었다.

즉 필요악인 존재가 바로 이들이다.

그렇기에 성환은 이들을 통제하면서 수를 줄여 가기로 계획을 잡았기에 이번 일에도 직접 나서서 걸러 낼 자들은 철저히 걸러 내 조금은 건전하게 만들 생각이다.

그것이 무지막지한 힘에 의한 것이라도 말이다.

❖　　❖　　❖

성환이 이렇게 만수파 간부들을 데리고 회의를 하고 있을 때, 또 다른 곳에서도 대책 회의를 하는 이들이 있었다.

"우 사장, 현재 가용할 수 있는 애들이 몇이나 되오?"

신호남파의 보스인 백도길은 백곰 우형준에게 물었다.

현재 만수파와 접전을 벌이고 있는 서초에 많은 조직원들이 경계에 나가 있기에 사실 백곰파에는 여력이란 것이 남아 있지 못했다.

그런 것을 잘 알고 있으면서도 백도길은 현재 백곰파의 처지를 알려 주며 만수파를 무너뜨린 다음에 떨어질 지분을 생각하며 미리 다짐을 받으려는 생각에 이런 말을 꺼냈다.

솔직히 우형준도 백도길의 도움이 아니었다면 지금까지 버티지도 못했을 것이란 잘 알고 있다.

하지만 그렇다고 악과 깡으로 지금의 백곰파를 만든 우형준이 그냥 백도길에게 머리를 숙이고 들어가기는 자존심이 상했다.

"서른 정도는 만들 수 있습니다."

"서른이라……."

우형준의 말에 백도길은 작게 중얼거렸다.

솔직히 말을 한 우형준이나 그 말을 중얼거리는 백도길

이나 무리하는 것이란 점을 잘 알고 있었다.

하지만 우형준이 그렇게 말을 했으니 백도길은 인정할 수밖에 없는 문제였다.

만약 우형준이 백곰파 두목이 아닌 백도길 밑의 간부였다면 바로 재떨이가 날아갔을 것이지만, 우형준은 자신과 연합을 한 타 조직의 보스.

그렇기에 무리란 것을 알면서도 인정할 수밖에 없는 것이었다.

자신은 그렇게 믿고 일을 추진하면 되는 것이다.

30명이라 했으니 그 숫자를 맞추는 것은 자신이 아닌 우형준이 할 일이기 때문이다.

비록 자신보다 작은 규모의 조직을 운용한다고 하지만, 우형준 개인의 능력이 자신보다 못하지 않음을 잘 알기에 백도길도 쉽게 자신의 속내를 내보이진 않았다.

지금이야 필요에 의해 손을 잡고 있지만, 그와 자신은 쉽게 융합이 될 수 있는 존재들이 아니란 것을 둘 다 잘 알고 있다.

두 사람 다 육식동물.

세력이야 좀 차이가 나지만 그렇다고 일방적으로 당할 정도의 차이도 아니다.

지금은 공통의 적인 만수파가 중간에 있기 때문에 손을 잡은 것이지 원래라면 상관도 않을 자들이었다.

아무튼 우형준은 백도길의 질문에 서른 명을 따로 운용할 수 있다고 대답을 했다.

지금 두 사람은 현재 지지부진한 싸움을 종결시키기 위해 특단의 조치가 필요하다는 생각했다.

두 조직에서 별동대를 조직해 기습하기로 작전을 세우고 이렇게 가용 인원을 점검 중이다.

우형준은 현재 만수파의 기습을 막기 위해 밤낮으로 대기하고 있는 이들 중 서른 명을 빼기로 했다.

이는 출혈을 무릅쓰고 하는 조치였다.

그렇지만 우형준은 그렇게 뺀 서른 명을 대신 할 수는 없지만, 그래도 빠져나간 서른 명의 빈 자리를 어떻게든 메울 계획이 있었다.

평소 자신의 조직에 기웃거리는 어린놈들을 받아들이려는 것이었다.

원래라면 양아치 같은 행동을 하는 그들을 받아들일 생각을 하지 않았을 터이지만, 만수파의 기습을 받은 초기 많은 조직원들이 돌아오지 못했다.

그들에게 억류된 이들도 있고, 또 기습을 당했을 때 부상을 당해 병원에 치료를 받는 이들도 있었기 때문이다.

그 때문에 조직을 수습하기 힘들었다. 만약 신호남파가 도움을 주지 않았다면 백곰파는 점점 밀려 조직을 유지하지도 못했을 것이다.

하지만 지금은 어느 정도 사태를 수습하고 또 만수파가 당황하는 틈을 타, 억류되었던 부하들도 구한 것과 동시에 잃어버렸던 사업장도 찾았다.

물론 잃었던 사업장을 모두 찾은 것은 아니었다.

어떻게 한 것인지 그 짧은 시간에 바지 사장으로 앉혀 놓은 놈들을 구슬려 사업권이 만수파에 넘어가 있었기 때문이다.

그러니 백곰파 아니, 우형준으로서는 자신의 밥그릇에 손을 댄 만수파를 그냥 두고 볼 생각이 없었다.

무리를 해서라도 이참에 만수파의 뿌리를 뽑을 계획이었다.

"우 사장이 서른 명을 준비한다면, 나도 서른 명을 준비하지."

너무 많은 이들이 빠져나가면 혹시라도 만수파에서 자신들의 계획을 눈치챌 수도 있기 때문에 신호남파에서도 서른 명만 준비하기로 했다.

솔직히 백도길의 마음 같아서야 쉰 명, 백 명도 더 빼서 만수파의 뒤를 치고 싶었지, 만 그렇게 했다가는 만수파도 자신들의 움직임을 놓치지 않을 것이 분명했다.

그렇게 되면 기습의 효과는 반감되고 아니, 어쩌면 접전이 벌어지고 있는 곳의 전력이 부족함을 알고 그곳에 반격을 할 수도 있는 일이었다.

기습이란 것이 성공했을 때 효과는 좋지만, 만약 상대가 눈치를 채게 되면 반격을 당하게 된다는 약점이 있는 것이다.

그러니 기습을 하더라도 최적의 조건이 되어야 한다.

같은 시간 이렇게 대립하던 두 진영에서는 상대에 대한 대책을 논의하고 있었다.

한쪽은 별동대를 이용해 사대의 수뇌부를 기습하려는 작전이고, 또 다른 한쪽은 회장인 성환과 간부들이 나서서 일을 마무리하려고 하고 있었다.

◆　　◆　　◆

만수파와 백곰, 신호남파의 대립이 가장 심한 곳은 역시나 처음 접전이 벌어진 서초구였다.

이제는 세 파벌의 싸움이 장기화되다 보니 주변의 조직들은 물론이고 검찰과 경찰에서도 주시를 하고 있었다.

다만 함부로 손을 쓰지 못하는 것은 이들이 일반 시민들의 피해가 가지 않게 손님이 없는 시간대에 서로 대립을 하고 있기 때문이다.

물론 이들이 조폭이란 불법 단체가 명분을 만들어 체포를 할 수도 있다.

하지만 그렇게 했다가는 후폭풍이 만만치 않기 때문에

일단은 그들의 싸움을 지켜볼 수밖에 없는 경찰과 검찰이었다.

그리고 세 파벌도 그런 사정을 알기에 싸움을 벌일 때는 최대한 조심해서 상대 조직원만 골라서 싸우고 있어, 조폭들로서는 참으로 아이러니한 싸움이 아닐 수 없었다.

그렇다고 막무가내로 싸움을 벌였다가는 그때야말로 공권력이 무소불위의 힘을 발휘해 자신들에게 철퇴를 가할 것이니, 이것만은 절대 피해야 했다.

모난 놈이 정 맞는다는 말이 있다.

총선이 코앞인데 이렇게 민생 불안의 요소를 그냥 두고 볼 국회의원들이 아니다.

다만 지금 만수파와 이들 조직들이 싸움을 벌이는 것을 그냥 두는 것은 아직까지 크게 혼란을 야기하지 않고 있기 때문에 주시를 하는 정도.

만약 그 양상이 과열되기라도 한다면 바로 경찰 병력을 투입하기 위해 감시 중이다.

아무튼 주변에서 이렇게 자신들을 주시하고 있음을 잘 알고 있는 만수파나 백곰, 신호남파의 연합은 최대한 몸을 사리며 상대를 꺾기 위해 비장의 수를 준비했다.

그래서 성환은 지금 최진혁을 비롯한 간부들만 이끌고 백곰파 보스인 우형준이 살고 있다는 빌라 앞에서 기다리고 있었다.

솔직히 만수파 간부들을 이끌고 온 것은 전적으로 자신의 힘을 보이기 위함이다.

최진혁이나 김용성 그리고 작두는 직접 성환의 무력을 보았기에 아무런 긴장감 없이 대기를 하고 있었다.

하지만 다른 간부들은 지금까지 성환의 무력은 두 눈으로 확인하지 못하고 그저 말로만 전해 들었기에 적대 세력의 안방이나 다름없는 이곳에 있는 것이 마냥 불안한지 안절부절 못하고 있었다.

그들의 눈앞에는 건장한 체격의 떡대들이 삼삼오오 모여 건물 입구나, 골목에 쫙 깔려 있는 것이 보였기 때문이다.

비록 대 조직인 만수파의 간부라고 하지만, 이미 수년 째 책상 어림에서 부하들을 부리기만 하던 이들이다 보니 예전 젊었을 때의 패기는 줄어들어 자신들의 배 이상이나 되는 많은 숫자의 덩치들을 보니 조금은 기가 죽은 것이다.

"우형준이 아직 이곳에 있을까요?"

대기하는 차 안에서 최진혁은 벌써 30분이나 기다리고 있는 것이 갑갑한지 성환에게 물었다.

대답을 듣기 위해 물은 것은 아니었지만 성환은 최진혁의 질문에 대답을 해 주었다.

"알아보니 안에 아직 있다고 하더구나."

성환의 대답을 들은 진혁은 다시 한 번 조심스럽게 물었다.

"그런데 간부들은 무엇 때문에 데려온 것입니까? 그냥 조용히 처리해도 될 문제인데…….."

"경고를 하기 위해서다."

성환이 직접적으로 경고라는 말을 입에서 꺼내자 차 안의 공기가 순간적으로 차갑게 식었다.

이는 진짜 온도가 내려간 것인지는 모르지만, 성환과 같은 차를 타고 있는 작두나 용성 그리고 진혁의 피부는 차가운 뭔가를 느낀 것인지 소름이 돋았다.

비록 말은 부드러웠으나 경고라는 말이 꼭 간부들에 대한 말로만 들리지 않았기 때문이다.

이런저런 이야기를 하고 있을 때, 주변에 있던 백곰파 조직원들의 움직임이 분주해지기 시작했다.

아마도 무슨 연락이 온 것인지 일정한 간격으로 골목을 둘러서서 주변을 살피기 시작했다.

조금 전에도 어슬렁거리기는 했지만 일정한 구역을 벗어나지 않고 자연스럽게 주변을 살피던 것과 다르게, 지금은 마치 군인이나 경계를 서는 초병처럼 군기가 바짝 든 모습으로 눈을 부라리며 주변을 살피고 있었다.

이런 조폭들의 모습에 성환은 미소를 지었다.

역시나 정보대로 우형준은 자신의 집에서 아직 움직이지 않고 있던 것이다.

우형준의 모습이 보이자 성환은 차에서 내렸다.

텅!

주차되어 있던 차에서 사람이 내리자 주변에 있던 백곰파 조직원들의 시선이 성환에게 몰렸다.

그도 그럴 것이 장시간 주차되어 있던 차에서 사람이 내렸으니 긴장을 한 것이다.

평범한 사람이라면 이곳의 분위기를 보고 쉽게 나오지 못할 것인데 나섰다는 것은 결코 좋은 의도로 이곳을 찾은 것이 아니란 생각 때문이다.

"우형준!"

짧막한 단어였지만 주변에 있던 모든 사람들의 귀에 쏙 들어오는 소리였다.

그리고 사업장을 돌아보기 위해 나서던 우형준은 자신을 부르는 소리에 고개를 돌려 그를 쳐다보았다.

'누구지?'

자신을 부르는 목소리에 고개를 돌려 목소리의 주인공을 쳐다보았지만 전혀 알지 못하는 얼굴이었다.

"누군데 날 부른 거지?"

주변에 자신의 부하들이 있어서 그런 것인지, 아니면 성환이 혼자라는 생각에 그런 것인지 우형준은 자신을 따르는 백곰파 간부 몇 명을 대동하고 성환의 근처로 다가왔다.

한편 아직 차에 남아 그런 성환과 우형준의 모습을 지켜보는 만수파 간부들은 입을 쩍 벌리고 말았다.

설마설마 했지만 이렇게 대놓고 그를 부를지는 상상도 못했다.

이곳에 온 인원은 다해 봐야 10명 정도.

배나 많은 백곰파 조직원들 안에서 두목의 이름을 함부로 부르고 있으니 간부들로서는 기겁을 하지 않을 수가 없었다.

4.
거침없는 행보

자신을 부르는 소리에 소리가 난 곳을 쳐다보던 우형준은 그곳에 있는 젊은 사내를 보았다.

이제 겨우 20대 중반으로 보이는 사내가 이 일대를 장악하고 있는 폭력 조직의 두목인 자신을 향해 겁도 없이 이름을 부른 것이다.

그렇다고 자신을 부른 사내의 모습에서 양아치들마냥 막나가는 그런 낌새는 보이지 않았다.

그런 모습에 호기심이 생긴 우형준은 자신을 부른 사내에게 접근해 정체를 물어보려고 했다.

하지만 그보다 먼저 성환에게 다가가는 이들이 있었다.

"너 뭐하는 놈이야!"

우형준의 집 앞을 지키던 깡패들 일부가 뛰어와 성환의 앞을 막으며 소리쳤다.

백곰파 조직원들이 성환의 앞을 막자 그때야 성환이 내린 차에서 최진혁과 김용성 그리고 작두가 내리며 성환의 옆에 섰다.

성환의 곁으로 이들이 서자 우형준은 성환의 정체를 깨닫게 되었다.

지금 자신들과 싸우고 있는 만수파라는 것을 알기까지는 그리 오랜 시간이 걸리지 않았다.

그럴 수밖에 없는 것이 이 자리에 만수파의 두목인 최진혁이 자리하고 있는 것이 눈에 보였기 때문이다.

우형준으로써는 지금이 최고의 기회인지도 모른다는 생각이 들었다.

감히 자신의 앞마당에 달랑 4명이 쳐들어온 것을 알고는 하도 어이없어 기가 막힐 뿐이었다.

한편 성환에 이어 두목인 최진혁까지 차에서 내린 것을 확인한 만수파 간부들은 어쩔 수 없이 타고 있던 차에서 내릴 수밖에 없었다.

아무리 지금 상황이 불리하다고 해서 회장과 사장, 그리고 최고 간부들이 모두 나와 있는 상태에서 몸을 사린다면 일이 마무리되고서 자신의 입지가 불안하기 때문이다.

일이 어떻게 끝나도 현장에 함께 있으면서 같이 행동하

지 않은 것만으로도 이 세계에서 매장당할 수도 있는 문제기 때문에 어쩔 수 없이 나왔다.

이들이 나오자 골목의 분위기는 순식간에 식어 버렸다.

그리고 우형준은 지금 이 상황이 믿기지 않았다.

분명 이곳은 자신의 안방이었다.

그런데 어째서 만수파의 간부들이 떼거지로 몰려와 있는지 그 이유를 알 수가 없었다.

더욱이 이곳은 자신의 집 앞이지 않은가?

그러는 한편으로는 뒷목이 서늘해지는 느낌도 받았다.

막말로 영업장이 아닌 자신의 집 앞에 나타났다는 말은 자신의 거처를 손바닥 들여다보듯 잘 알고 있었다는 말이었다.

뿐만 아니라 이 시간에 이 자리에 대기하고 있었다는 것은 자신의 위치까지도 파악하고 있었다는 것이다.

이런 사실을 깨달은 우형준은 저들이 비록 숫자는 적지만 결코 만만히 봐서는 안 될 것이란 생각을 하게 되었다.

하지만 이 자리에서 그런 사실을 깨달았다고 기죽은 모습을 보일 수는 없었다.

저들이 무슨 생각으로 어떤 준비를 하고 자신의 앞마당까지 쳐들어왔는지는 모르지만, 현재 보이는 것으로는 자신들이 유리했다.

자신들은 현역에서 뛰는 행동대들이 대거 집합해 있고,

또 저들을 포위한 형상이다.

하지만 저들은 자신들보다 인원도 적고, 또 간부진들이라 현역에서 물러나 지시만 내리던 자들이라 뱃가죽에 기름이 꼈을 것이 분명하기에 자신에게 유리하단 생각을 했다.

그런 생각이 들자 조금 전 자신이 긴장한 것이 우습게 느껴졌다.

'저런 것들을 보고 내가 긴장을 하다니……. 홋! 나도 감이 좀 떨어졌나 보군. 이번 일만 마무리하면 나도 몸 좀 써야겠어.'

자신이 긴장했던 것을 애써 감각이 떨어졌다, 위안을 하며 이번 일을 마무리하고 현역 시절처럼 몸을 다시 가다듬을 생각을 했다.

"이거 만수파의 최 사장이 간이 배 밖으로 나온 것인가? 이곳이 어디라고, 겨우 이 정도로 이 우형준이를 찾아온 거야!"

우형준은 큰 목소리로 소리를 지르며 최진혁에게 말을 하였다.

하지만 오늘 일의 주재자는 자신이 아닌 성환임을 알고 있는 최진혁은 조용히 성환의 옆에 서서 사태를 지켜볼 뿐이었다.

그런 최진혁의 모습을 자신의 모습에 겁을 먹었다고 생각한 우형준은 입가에 비릿한 미소를 지었다.

"올 때의 패기는 어디가고 그렇게 새색시마냥 다소곳이 서 있군!"

"하하하하!"

"와하하하!"

우형준은 조용히 있는 최진혁의 모습을 보며 더욱 놀려 댔다.

그런 우형준과 백곰파 조직원들의 모습에 최진혁이 화가 나긴 했지만 일단 참기로 했다.

어차피 성환이 나서기로 한 것.

결과는 빤했기 때문이었다.

우형준이 한참 떠들고 있자 성환은 다시 천천히 우형준 의 앞으로 걸어가기 시작했다.

그러자 주변에 서 있던 최진혁이나 김용성도 성환의 걸 음에 보조를 맞추고 걸었다.

그런 모습에 백곰파 조직원들은 긴장을 하며 포위하고 있던 간격을 좁히며 다가왔다.

"무릎을 꿇어라!"

나직막한 성환의 말이 우형준의 귀에 천둥처럼 틀어박혔 다.

'헉!'

너무도 큰 소리에 우형준이 깜짝 놀라 뒤로 한 걸음 물러 나며 놀란 얼굴을 감추지 못했다.

하지만 그런 우형준의 모습을 그의 부하들은 너무도 의아하게 쳐다보았다.

그도 그럴 것이 상대가 말한 소리는 그리 큰 소리도 아니었는데, 두목의 반응이 너무도 이상했기 때문이다.

그런 부하들의 모습을 본 우형준은 자신의 실책을 깨달았다.

'제길!'

"넌 누구냐!"

만수파의 두목과 간부들이 있는데도 먼저 나서는 성환의 모습이 너무도 이상하기도 했고, 또 지금 자세히 살펴보니 지금 만수파의 두목이나 간부들이 성환을 중심으로 포진하고 있는 것이 오히려 성환을 우두머리로 생각하고 있는 것 같았기 때문이다.

'이자는 누구지? 정체가 뭐야?'

우형준으로서는 눈앞에 있는 남자의 정체를 알 수가 없었다.

자신들이 알고 있는 만수파는 지금의 모습이 아니었다.

비록 연륜이 낮기는 하지만 능력은 되는지 어수선한 조직을 추스르고 반대파를 축출한 최진혁을 두목으로 알고 있었다.

이는 박상철과 손을 잡으며 만수파에 대한 정보를 넘겨받아 만수파를 노리던 우형준이 알고 있는 만수파였다.

하지만 지금 보이는 만수파는 절대 자신이 알고 있는 것과 달랐다.

자신들을 기습했을 때도 자신들이 알고 있던 것 보다 전력이 우수해 당황해 뒤로 밀렸었는데, 지금은 또 달랐다.

신호남파와 손을 잡고 뒤를 쳐 정신이 없을 것으로 알고 있었는데, 자신의 앞마당에 떡하니 쳐들어와 있지 않은가?

더욱이 숫자도 적으면서도 자신의 앞에 당당히 나서는 모습에서 우형준은 조금 전 성환을 보며 느꼈던 서늘한 기운을 다시 느끼게 되었다.

우형준이 자신의 정체에 대해 물어 오자 성환은 그저 작게 미소를 지어 보였다.

그러다 다시 한 번 말하였다.

"무릎을 꿇어라, 그럼 무사히 은퇴를 하게 해 주겠다."

성환의 낮은 목소리에도 우형준의 귀에는 너무도 또렷하게 들리고 있었는데, 그 말이 너무도 이상했다.

그의 제안이 우형준으로서는 잘 이해가 가지 않았다.

그리고 그가 지금 하고 있는 말을 들어 보면 자신에게 말을 하고 있는 이는 결코 조폭이 될 수 없는 이였다.

조폭은 일단 자신보다 약자에게 윽박지르고 자신이 원하는 것들을 빼앗는다.

하지만 이 남자는 조금 이상했다.

뭔지 모르겠지만 조금은 이상한 것만은 사실이었다.

우형준이 뭔가 이상함을 느끼고 이렇게 고민하고 있을 때, 곁에 있던 그의 부하들은 그렇지 않았다.

두목인 우형준의 반응이 이상하기는 하지만, 자신들이 보기에 지금 말을 하고 있는 성환의 모습은 참으로 가소로 웠다.

겨우 10명 정도뿐이 되지 않는 인원으로 20명이 넘는 인원이 있는 자신들의 영역에 쳐들어와 두목을 협박하고 있는 모습이 정말로 웃겼다.

"야! 쳐!"

한 명이 나서서 성환 일행을 치라는 말을 하였다.

그리고 그 말이 신호라도 되는 것처럼 말이 끝나기 무섭 게 포위하고 있던 이들이 일제히 달려들기 시작했다.

언제 준비를 했는지 그들의 손에는 작은 알루미늄 배트 가 들려 있었다.

겨우 50㎝정도의 작은 배트였지만, 결코 가볍게 볼 만 한 무기가 아니었다.

그것에 한 방이라도 맞게 된다면 인간의 뼈 정도는 쉽게 부러지는 위험한 무기였다.

작은 크기가 휴대하기 편하다 보니 두목인 우형준을 근 접해서 호위하는 이들이 몸에 지니고 있었던 듯했다.

사실 이들은 우형준의 친위대로 칼과 같은 것은 혹시라 도 불심 검문을 받았을 때, 변명의 여지가 없지만, 이런 것은 흉기가 아니다 보니 변명을 할 수 있기 때문에 작은 알루미늄 배트를 가지고 다녔다.

20명으로 구성된 우형준의 친위대는 무질서해 보이는 모습과 다르게 철저히 계산된 공격을 하고 있었다.

3인 1조로 공격과 방어를 하며 성환과 만수파 간부들을 향해 접근했다.

그런 백곰파의 기세에 간부들이 당황해하는 것과 다르게 성환은 아직도 우형준을 보고 있었다.

그리고는 작은 목소리로 한마디 했다.

"하…… 하나 같이 너희 놈들은 몸으로 느껴야, 누가 강자인지 깨닫게 되는구나."

성환은 말이 끝나기 무섭게 자신을 향해 달려드는 조폭들을 향해 달려들었다.

그런 성환의 모습을 뒤에서 지켜보던 만수파 간부들의 눈이 부릅떠졌다.

한 번도 보지 못했던 회장의 무력을 눈으로 목도하게 된 때문이다.

알루미늄 배트를 들고 달려드는 흉험한 현장 속으로 뛰어든 성환의 모습은 마치 한 마리 나비와 같았다.

공간을 유영하는 나비처럼 나풀나풀 날아다니며 배트를 휘두르는 조폭들을 한 명, 한 명 쓰러뜨렸다.

두 번의 공격은 없었다.

한 명에 단 한 번의 공격이었지만, 어느 누구도 성환의 손길에서 벗어나는 이가 없었다.

그런 모습에 긴장하고 도살장에 끌려가는 소마냥 억지로 나왔던 간부들은 물론이고, 이상한 낌새를 느끼며 불안한 눈길로 현장을 보고 있던 우형준마저 놀라 입을 다물 수가 없었다.

'어떻게……'

정말이지 우형준은 눈앞에 펼쳐진 현실이 믿어지지 않았다.

저 정도 인원이면 아무리 잘나가는 싸움꾼 아니, 그 할애비가 나온다고 해도 안 될 것인데, 지금 눈앞에 펼쳐진 현실은 그러지 못했다.

자신의 친위대 단 한 명도 그의 몸에 손을 대지 못하고, 그저 허공에 허우적거리는 부하들의 모습만이 우형준의 눈에 보일 뿐이다.

놀라고 있는 것은 우형준뿐만이 아니었다.

우형준의 곁에 있던 백곰파 간부도 그렇고, 성환의 뒤에 이던 만수파 간부들도 마찬가지였다.

자신들을 향해 무섭게 달려들던 백곰파의 조직원들의 기세에 눌려 있던 그들은 차에서 내리면서 가지고 내린 무기를 써 볼 생각도 하지 못하고 놀란 눈으로 성환의 모습만 쫓았다.

"어떻게 저런 움직임을……."

한 간부는 이렇게 성환의 움직임에 감탄을 연발했다.

그리고 이들이 이렇게 놀라고 있을 때, 성환을 향해 달려들던 백곰파 조직원들은 모두 쓰러지고 몇 남지 않았다.

하지만 아직도 이들은 넋을 놓고 성환의 모습만 쫓았다.

◈　　◈　　◈

신호남파의 보스인 백도길은 한참 백곰파와 합의한 대로 기습에 동원될 인원을 차출하고 있었다.

그런데 백곰파에서 지원 요청 연락이 온 것 때문에 당황했다.

"그게 무슨 말인가? 누가 어떻게 됐다고?"

전화기에 대고 한참 떠들던 백고길은 들고 있던 휴대전화를 바닥에 던져 버렸다.

"이런 쌍!"

퍼석!

한참 부하들을 세워 두고 훈시를 하던 백도길이 이상 행동을 하자 부하들은 모두 긴장을 했다.

기분이 좋은 때는 한없는 호인 같지만, 한번 화가 나면 앞뒤를 재지 않는 백도길의 성격을 잘 알기에 모두 조용히 눈치를 살폈다.

조금 시간이 지나고 백도길이 어느 정도 진정했을 것이라 생각했던 간부 한 명이 나서서 물었다.

"형님, 무슨 연락이기에 그렇게 화가 나신 것입니까?"

조직의 넘버 2였던 최대식이 실종되고 그의 자리를 차지하게 된 문창식이었다.

문창식도 최대식 못지않은 거구를 가지고 있었으며, 또 백도길과는 같은 고향 선후배 사이로 아주 가까웠다.

그렇기에 백도길이 화가 나 있더라도 창식만은 어느 정도 대우를 해 주기에 이렇게 나서서 물어본 것이다.

백도길은 한참 혼자 화를 삭이다 조금 진정이 되자 창식을 보며 말을 하였다.

"우리가 백곰을 너무 높게 봤나 보다."

"그게 무슨 말입니까? 높게 보다니요?"

창식은 앞 뒷말 모두 잘라먹은 말이 이해가 가지 않았다.

그런 창식의 질문에 백도길은 한숨을 쉬며 말을 하였다.

"휴…… 방금 백곰파가 끝장났단다."

"네? 그게 무슨……."

"그것도 10명 남짓한 인원에 20명이 넘는 인원이 모두 당했다고 한다. 아니, 10명도 아니지. 단 한 사람에게 20명이 넘는 백곰파가 다 아작 났다고 한다."

"그게 정말입니까?"

"그래, 단 한 사람에게 우형준이는 물론이고, 간부들과 우형준을 따르는 친위대까지 모두 당했다고 한다."

백도길의 말에 문창식은 도저히 믿을 수가 없었다.

그도 우형준을 따르는 친위대의 면모를 잘 알고 있기 때문이다.

비록 직접 몸으로 겨루지는 않았지만, 그 기세만은 잘 알고 있기 때문에 겪어 보지 않아도 충분히 그들의 실력을 짐작할 수 있었다.

그런데 그런 인물 20명이 모두 당했다는 것과 두목인 우형준까지 함께 당했다는 것이 도저히 믿기지 않았다.

문창식이 믿고 싶지 않은 것은 그런 엄청난 능력자가 만수파에 있다는 것이 아니었다.

그런 괴물이 있는 조직을 이젠 자신들 혼자 감당해야 한다는 것이 걱정이 되어 이런 반응을 했던 것이다.

"그럼 우형준이……."

"그래, 조금 전 백곰파는 만수파에 항복했다."

"음."

두 조직이 연합해서 대항할 때도 비슷한 전력이었는데, 이젠 자신들만 홀로 만수파를 상대해야 한다는 말에 눈앞이 깜깜해졌다.

"다른 곳에 만수파의 전력을 알리고 그들과 연합하는 것은 어떻습니까?"

"안 돼!"

"아니…… 왜?"

문창식은 백도길이 무엇 때문에 다른 조직과 연합하면 안 되는지 물었다.

사실 현재 신호남파가 만수파를 상대하기 위해선 무너진 백곰파를 대신해 다른 누군가와 손을 잡아야만 했다.

만수파는 자신들이 상상하던 것 보다 더 전력이 탄탄했다.

더욱이 조금 허술한 부분도 있기는 하지만 예전 진원파 때보다 사기도 높은 편이었다.

자신들이 생각하기에 만수파와 진원파가 통합된 지 이제 몇 달 되지 않았는데, 설마 이 정도로 조직이 단단할지 예상치 못했기에 상당한 피해를 입었다.

현재 신호남파도 전력에 많은 손실을 입었다.

비록 백곰파 보다는 거대 조직이라 아직 여유가 있다고 하지만, 이제는 홀로 만수파를 상대해야만 했기에 이젠 여유도 사라졌다.

사실 백도길도 조직의 상황을 잘 알고는 있지만, 현재 주변에 있는 조직들 중 순수한 목적으로 자신과 손을 잡을 조직이 아무도 없었다.

특히나 만수파를 상대하기 위해선 그만한 힘이 있는 조직과 연합을 해야 하는데, 그런 조직은 주변에 많았다.

하지만 그들과 손을 잡고 만수파를 처리한다고 해도, 잘

못하다가는 자신도 먹힐 수가 있기 때문이다.

만수파의 위치가 위치다 보니 그들을 상대하기 위해선 강북의 대범파나 동대문파와 손을 잡아야만 한다.

그런데 이 두 조직 모두 자신과 비슷한 규모를 가진 강력한 조직.

더욱이 이 두 조직은 자신들 보다 뿌리도 깊고, 정계와 오랜 연관을 맺고 있어 뒷배가 튼튼했다.

그래서 이들과 손을 잡을 수 없는 것이다.

막말로 재주는 자신들이 부리고 돈은 그놈들이 챙길 수도 있는 일이었다.

아니, 그들이 지금의 규모를 가지게 된 과정에 그런 일이 한두 번이 아니었다.

그렇기에 백도길로서는 차라리 만수파에 흡수될지언정 그들과는 연합을 하지 않으려는 것이다.

아직도 대범파나 동대문파에 흡수된 조직의 두목이 어떻게 되었는지는 아무도 몰랐다.

그저 영화에서나 나오는 것처럼 강원도 깊은 산 땅속에 묻혔거나, 아니면 동해 어딘가에 가라앉았을 것이라 예상하고 있다.

짐작은 가지만 증거가 없기에 아무도 그 일에 관해 얘기를 꺼내지 않았다.

또 증거가 있다고 해도 감히 그것을 가지고 증언을 하지는 않을 것이다.

그만큼 그들의 행보는 과감하고 잔인하기 때문이다.

"잘못하면 그들에게 우리까지 먹힐 수 있다."

"음."

백도길의 설명에 문창식도 신음만 흘릴 뿐이었다.

그도 잘 알고 있었다.

대범파나 동대문파의 잔인한 손속은 이쪽 바닥에 잘 알려져 있기 때문이다.

하지만 그래도 혹시나 하는 생각에 문창식은 미련을 버리지 않았다.

아니, 문창식은 자신들 신호남파라면 그들에게 먹히지 않을 자신이 있었다.

그렇지만 두목인 백도길은 그렇게 생각하지 않고 있었다.

괜히 늑대를 피하려다 범의 아가리에 머리를 들이밀 수 있기 때문이다.

물론 누가 범이고 누가 늑대인지는 아직 가려지지 않았지만, 백도길의 생각에는 위험한 두 조직과 연합하기보다는 그래도 어느 정도 알고 있는 만수파가 상대하기 편하단 생각이다.

"형님이 그렇게 말씀하시면 그리 알겠습니다."

신호남파는 이렇게 백곰파가 무너진 것 때문에 기습 준비를 하다 말고 대책 회의를 하게 되었다.

◆   ◆   ◆

조금 흐릿한 조명이 있는 커다란 방, 커다란 테이블 위에 술자리가 펼쳐졌다.

상석에는 성환이 앉아 있고, 그 주변에는 최진혁과 김용성, 작두가 자리했다.

그리고 얼마 전까지만 해도 이들과 대립을 하던 백곰파의 두목인 우형준이 테이블 끝자리에 앉아 있었다.

대립하던 이들이 한 자리에 있는 것이 조금 이상한 모습이기는 했지만 이 자리는 만수파와 백곰파가 통합되는 자리였다.

성환은 우형준의 집 앞에 대기를 하다 그를 제압하고 항복을 받아 냈다.

원래 계획이라면 우형준과 백곰파의 간부들을 모두 은퇴를 시키려 했지만, 그렇게 했다가는 흡수한 백곰파 조직원들을 관리할 사람이 없었다.

이는 초기 만수파가 백곰파를 기습할 때, 많은 수의 간부들을 잡을 수 있었다.

하지만 이 과정에서 최진혁은 그들을 모두 은퇴를 시켜 버렸다.

조폭식의 은퇴를 당한 그들은 일상적인 일도 하기 힘들

정도의 몸이 되어 아직도 병원에 입원해 있었다.

그 때문에 백곰파는 필사적으로 만수파에 대항을 했고, 신호남파와 손을 잡게 된 것이다.

만약 최진혁이 조금만 여유 있게 판단을 했더라면 백곰파를 보다 빠르게 합병할 수 있었을 것이다.

그런데 그렇지 않고 강경하게 나가는 바람에 오히려 반격을 당하고 고전을 했다.

이 때문에 성환이 개입을 하게 됨으로써 두목인 최진혁으로서는 권위가 많이 손상되었다.

만약 회장이 성환이 이 일에 개입하지 않은 상태에서 통합이 되었다면, 아마도 최진혁의 위상은 많이 올라갔을 것이다.

하지만 욕심 때문에 그럴 기회를 자신의 손으로 포기했으니 어디 가서 하소연도 하지 못할 것이다.

"오늘은 만수파와 백곰파가 한 식구가 되는 날이다. 자, 한 잔들 받아라."

시간이 흐르면서 성환도 어느 정도 조폭의 세계를 이해하게 되어 이런 자리를 마련했다.

자신은 이젠 군인이 아니다.

그러니 이젠 생각도 군인처럼 할 것이 아니라 그에 맞는 생각을 해야만 했다.

그렇다고 조폭이 되겠다는 것은 아니었다.

조폭에게는 조폭에 맞는 행동을 하면 되고, 또 KSS경호 회사의 대표로 있을 때는 그에 맞는 행동을 하면 된다.

그리고 또 미 특수부대들을 상대할 때는 그에 맞게 하면 된다는 것을 이젠 깨닫게 되었다.

이런 깨달음은 사실 섬에서 KSS신입들과 미 특수부대원들을 가르치며 깨닫게 되었다.

이 때문에 성환의 무공은 한 단계 발전을 하게 되었다.

얼마 전까지만 해도 무공을 쓸 때면 성환의 주 무공인 뇌정신공 때문에 그 투기가 외부로 발산이 되었었는데, 이젠 그 단계를 넘어서 내공을 어느 정도 끌어올려도 그런 투기가 외부로 발산되지 않았다.

성환도 이제는 자신을 인간이라고 할 수 있을지도 가늠할 수 없는 지경에 이르렀다.

전력을 다한다면 어떤 현상이 벌어질지 잘 알고 있기 때문에 성환은 이제 자신이 보통 인간들과는 다르단 것을 너무도 정확히 인지하고 있었다.

자신이 내공을 전력으로 끌어올리면 아마도 상상도 못할 정도의 전력을 발생할 것이란 것을 알고 있었다.

아니, 전기 정도가 아니라 번개에 버금갈 것이라 생각했다.

성환이 이런 생각을 하게 된 것은 전적으로 백두산에서 얻은 비급에서 읽은 내용이 그랬기 때문이다.

처음 그 비급을 익힐 때만 해도 설마 그 정도까지 할까? 라는 의문이 있기는 했었다.

하지만 수련의 단계가 오르는 과정을 설명해 놓은 것과, 자신이 이룩한 경지가 비슷했기 때문에 혹시라도 지금에 이른 정도도 비급에 나온 것과 거의 비슷하지 않을까 짐작했다.

이제는 한층 여유 있는 모습으로 진혁을 비롯한 만수파 간부들의 잔에 술을 따랐다.

그런데 겉모습은 성환이 이들보다 10년 이상은 젊어 보여 나이 많은 사람들을 무시하는 것 같은 모습이 연출이 되었다.

마치 재벌가 어린 후계자가 망나니짓을 하는 것처럼 보일 수도 있었다.

하지만 이 자리에 있는 사람들은 전혀 그런 생각을 하지 않았다.

그건 몇 시간 전, 성환이 보였던 어마어마한 능력을 보았기 때문이다.

그리고 이곳에 오는 동안 김용성과 작두가 간부들에게 성환에 대해 조용히 설명을 했기 때문에 지금은 성환을 이상하게 쳐다보는 이는 아무도 없었다.

그저 경외의 눈으로 볼 뿐이다.

자신들과 그리 나이차도 없을뿐더러 10년 전에도 군대에서는 전설로 통하던 사람이라는 것을 들었기에 아무도 이의를 보이지 않았다.

그것은 조금 전 성환에게 제압당해 억지로 조직을 넘긴 우형준도 마찬가지였다.

아니, 힘을 숭상하는 그로서는 만수파의 간부들 보다 성환을 우러러보게 되었다.

술잔에 술이 채워지자 성환은 잔을 들어 말을 하였다.

"아젠 백곰파도 이젠 우리의 식구가 되었다. 그렇다고 백곰파가 만수파의 밑이라는 생각은 버려라!"

성환의 이야기를 듣던 우형준은 눈이 동그랗게 떠졌다.

조직이 항쟁에서 졌으면 흡수되는 것이 당연한데, 지금 성환이 이상한 이야기를 하고 있기 때문이다.

모든 것을 포기하고 밑에서부터 다시 시작하려던 우형준에게 성환의 이야기를 어쩌면 또 다른 기회가 될 수도 있다는 생각을 하게 만들었다.

"전에 최 사장과 김용성 전무에게 말했듯 서울의 아니, 대한민국의 밤을 통일할 것이다. 이때……."

성환은 전에 최진혁과 김용성에게 들려주었던 삼청 프로젝트의 일부를 이 자리에서 다시 한 번 들려주었다.

성환이 이야기가 계속 될수록 자리에 있던 간부들은 물론이고, 오늘 합류하게 된 백곰파 간부들도 입이 점점 벌어졌다.

지금 자신들이 듣고 있는 이야기는 정말이지 꿈같은 이야기였다.

전국을 통일하는 데 자신들이 그 시작이라는 말, 능력만 된다면 한 지역의 책임자로 앉힌다는 말에 백곰파 간부들은 물론이고 우형준까지 모두 흥분하기 시작했다.

꺼져 가던 웅심이 다시 한 번 가슴속 깊은 곳에서 피어올랐다.

하지만 이렇게 흥분하는 이들이 있는 반면 그렇지 못한 이도 있었다.

최진혁은 성환의 이야기를 들으며, 전에 처음 들었을 때와는 다른 감흥이었다.

진짜로 조금만 밀어붙이면 자신의 손으로 백곰파를 수중에 넣을 수 있었다.

그렇게만 되면 자신 있게 성환에게 백곰파의 영역까지 자신이 다스리겠다는 말을 할 수 있었을 것이다.

하지만 중간에 뭐가 잘못된 것인지 방해꾼 때문에 어려움을 겪고, 결국 일이 이 지경에 이르렀다.

그리고 말은 하지 않았지만, 지금 성환이 자신에게 경고를 하고 있다는 것을 느끼지 못할 정도로 최진혁이 우둔하지는 않았다.

성환의 이야기가 끝나고 방 안의 공기는 무척이나 달아올랐다.

그저 조직의 간부로 어느 정도 지내다 나이가 들어 밑에서 올라오는 동생들에게 밀려 조용히 은퇴하는 것이 끝이라 생각했는데, 새로운 꿈이 생겼다.

　　자신들도 한 조직의 수장이 될 수 있다는 꿈 말이다.

　　그저 작은 지역을 할당받는 것이 아니라, 그 지역의 왕이 될 수 있는 기회였다.

　　비록 그 위에는 지금처럼 누군가 있겠지만 자신들이 보기에 회장은 이런 일과 그리 맞지 않은 듯했다.

　　그건 조직이 한참 백곰, 신호남파의 연합과 싸우고 있을 때도 모습을 보이지 않고 있다 한참만에 나온 것을 보면 알 수 있었다.

　　이것을 봤을 때, 회장은 자신들에게 어느 정도 재량을 주는 듯했다.

　　그리고 그것을 못했을 때만 나서서 해결을 해 주는 것으로 보였다.

　　그렇다는 것은 이들이 생각하기에 든든한 뒷배가 있는 것이다.

　　그것도 자신들의 성향에 딱 맞는 무지막지한 무력을 말이다.

　　이런 생각이 들자 간부들은 하나 같이 자신감이 충만해졌다.

　　든든한 큰형을 둔 초등학생이 어깨에 힘이 들어가는 것

처럼 말이다.

방 안의 분위기가 달아오르자 성환은 조용히 자신의 옆자리에 있는 최진혁을 돌아보았다.

조금 전부터 조용히 자신의 앞에 놓인 술만 마시고 있는 그가 어떤 마음인지 짐작이 갔다.

의욕적으로 일을 추진한 게 막히고, 결국에 자신이 나서서 일을 수습했으니 좌절하고 있을 것이다.

그리고 이것이 자신이 하는 경고란 것도 알고 있으니 더욱 답답할 것이다.

◈　　◈　　◈

"아버지, 지금 이렇고 있을 때가 아닙니다."

"넌 또 무엇 때문에 이 난리냐?"

한참 이번 총선을 대비해 보좌진들과 당 간부들과 머리를 싸매고 회의를 한 때문에 머리가 아파 쉬고 있는 김한수에게 그의 아들이 찾아와 이렇게 떠들고 있었다.

가득이나 예전과 다르게 재계에서 들어오는 후원금이 줄어 고민을 하고 있는데, 아들이라고 하는 것은 2선이나 하고 있으니 여간 미덥지 못했다.

어렸을 때는 똑똑하고 자신의 말도 잘 듣고 했는데, 어찌된 것인지 정치에 입문하고 재선 의원까지 된 요즘 들어 영

아니었다.

집안의 꿈만 아니었다면 진즉 내쳤을 것이지만 어쩔 수 없었다.

처는 물론이고, 첩과 내연녀까지 여러 여자를 품어 봤지만, 그들에게서 난 자식이라고는 김병두 하나뿐이었다.

그런데 설상가상으로 김병두도 자신이 알기로는 아내는 물론이고, 내연녀를 두고 있지만 아직 둘째를 보지 못했다.

유일한 손자는 지금 병명도 모른 채 고통에 시달리고 있었다.

물론 손자를 고통에 빠뜨린 자에 대해 알고는 있지만, 지금은 그를 건들일 수가 없었다.

자신이 비록 국회의원이고 또 여당의 최고위 의원이라고 하지만 이젠 민간인인 그를 함부로 다룰 수가 없었다.

막말로 그자는 자신이 상상도 못할 능력을 가지고 있었기 때문이다.

자신과 비슷한 부류의 힘을 가지고 있었다면 어쩌면 진즉 손을 봐 줬을 것이다.

하지만 그자가 가지고 있는 힘은 아주 무서운 것이었다.

사람은 누구나 죽는다. 그 죽음에 초연한 사람도 있다.

자신과 같이 많은 세월을 살아온 이들은 그런 죽음에 관한 협박은 초연할 수 있다.

하지만 어떻게 죽느냐는 다른 문제다.

손자의 모습이나, 그 친구들의 모습을 보면 그건 사람의 형상이 아니었다.

성인이 되어 하루에도 몇 번씩 찾아오는 고통 때문에 똥, 오줌도 가리지 못하는 모습을 보고 있노라면 살고 싶은 생각이 들지 않을 정도였다.

하지만 그런 모습인데도 자존심이 센 손자도 고통 때문에 자살할 엄두도 못 내고 있다.

그렇다고 4대 독자인 손자를 고통에서 해방시키겠다고 자살을 도와줄 수도 없었다.

아들의 모습을 보고 있자니 다시 한 번 고통에 떨고 있는 손자의 얼굴이 떠올랐다.

그 모습을 보고 싶지 않아 일을 핑계로 벌써 몇 개월 째 손자가 있는 집으로 들어가지 않았다.

이런 생각을 하고 있을 때 김병두가 다시 한 번 말을 하였다.

"제가 요즘 알아보니 그놈이 만수파 놈들과 자주 어울린다고 합니다, 아버지."

"이놈의 자식이! 내가 그놈에 관해선 당분간 신경 끄라고 했지!"

김한수는 아들 김병두가 하는 그놈이 누구인지 잘 알고 있었다.

아무리 부정이 크다고 하지만 일에는 순서라는 것이 있다.

적을 상대할 때는 자신의 것과 상대의 것을 비교해 자신이 유리할 때만 싸워야 승리를 쟁취하고 목적을 이룰 수가 있는 것이다.

내 것을 알고 있으면 지지는 않는다.

하지만 내 것을 알고 상대의 것을 모를 때는 은인자중하며 상대가 약한 모습을 보일 때, 아니면 상대의 약점을 잡아야만 목적을 이룰 수 있다.

그런데 아들은 너무도 성급하게 일을 하려는 경향이 있었다.

아직 젊어서 그런지 모르겠지만 매사에 일처리가 급했다.

그래서 때로는 자신이 뒤처리를 해야 할 때가 많았다.

김한수는 요즘 들어 죽은 최만수가 아쉬웠다.

비록 자신의 손으로 그의 아들이 우두머리 자리에 오른 만수파에서 손을 떼기는 했지만 참으로 아깝다는 생각이 가끔 들었다.

요즘처럼 어수선할 때 그들을 동원했다면 참으로 편했을 터인데, 참으로 생각할 수로 아까웠다.

더욱이 만수파에서는 카지노를 운영하고 있었다.

자신이 힘을 써 줘서 정식 카지노 업을 하고 있어 일정 부분 상납금도 들어왔었는데, 자신이 그들과 손을 털고부터는 그런 것이 없어졌다.

물론 만수파의 상납금이 자신의 정치 자금의 전부는 아

니었지만, 그래도 많은 부분을 차지하던 것은 맞았다.

그래서 지금도 새로운 자금처를 모색 중이지만, 예전 최만수 두목만큼 깔끔하게 일처리 하는 이들이 없었다.

"아직은 때가 아니니 넌 이번 총선에나 신경 써!"

김한수는 다시 한 번 말을 하였다.

"그놈이 무엇을 하든 지금은 그곳에 신경을 쓸 때가 아니다. 만약 우리가 이번 총선에서 승리를 하지 못한다면 네가 생각하는 복수도 물 건너간다."

"음……."

아버지의 말이 무엇을 말하는 것인지는 잘 알지만, 그래도 하루에도 몇 번씩 고통을 호소하는 아들을 보는 김병두의 마음은 그렇지 못했다.

뿐만 아니라 몇 번씩 자신에게 아들의 복수도 못해 준다며 타박을 하는 아내의 바가지도 이제는 못 견딜 지경이었다.

그래서 자신과 비슷한 처지인 서양건설의 이세건 사장에게 은근하게 운을 떼었는데, 벌써 몇 개월이 지났는데도 아무런 소식이 들려오지 않고 있었다.

"애비가 신경 쓰고 있으니 넌 그것에서 손을 떼고 총선에만 신경 써, 알겠냐?"

요즘 들어 무엇 때문인지 자신의 아버지가 총선에 신경을 많이 쓰는 것이 조금 이상하긴 했지만, 김병두는 오늘도 자신의 말을 들어주지 않는 아버지의 모습에 화가 났다.

그 때문인지 오늘은 아버지의 말에도 대답도 하지 않고 의원실을 나왔다

그런 김병두의 모습을 보던 김한수는 한숨을 쉴 수밖에 없었다.

"도대체 그놈은 어떻게 된 놈인지 통하질 않아."

말없이 나가는 아들의 뒷모습을 보다 김한수는 그렇게 알 수 없는 말을 중얼거렸다.

5.
삐뚤어진 사랑

이세건은 자신의 사무실에서 생각에 잠겼다.

자신의 아들이 그리된 것이 누군가에 의해 고의로 그리되었다는 이야기를 들었다.

아들을 너무도 아끼는 장인 때문에 자신도 한 번도 손을 대지 못한 아들을 누군가 그리 만들었다는 소리를 듣자 이상한 기분에 휩싸였다.

처음 세건이 느낀 감정은 분노였다.

그리고 그동안 잊었던 사냥 본능이 가슴 깊은 곳에서 피어오르기 시작했다.

시간이 흐를수록 그런 감정은 커져만 갔다.

더욱이 국회의원인 김병두도 손을 대지 못하는 상대라고

하지 않던가?

사냥감이 맹수일수록 사냥꾼의 성취감은 그 무엇과도 비교할 수 없는 것이었다.

사실 이세건은 남모를 취미가 있었다.

그의 아들인 이병찬이 친구들과 마약 파티를 하며 여자들과 집단 난교를 하는 것은 어쩌면 이런 세건의 영향 때문인지도 몰랐다.

세건의 취미는 바로 타인의 것을 파괴하면서 그들이 괴로워하며 파멸해 가는 과정을 지켜보며 희열을 느꼈다.

젊었을 때는 이런 것이 사업 영역에서 이루어지며 다른 경쟁 기업들을 누르고 정상에 오르는 원동력이 되었지만, 서양그룹의 확실한 계열사로 자리 잡으면서 그의 취미는 다른 쪽으로 펼쳐지게 되었다.

처음은 평범한 사냥으로 시작이 되었다.

그러다 사냥꾼을 보면 도망치는 꿩이나 토끼 같은 사냥감에서 점검 커다란 사냥감으로 목표가 옮겨갔다.

하지만 그것도 잠시 어느 순간 그것도 시들해지기 시작했다.

그러다 멧돼지와 같은 맹수를 사냥하는 것으로 옮겨 갔다.

총을 이용한 사냥도 시간이 흐르자 세건에게 큰 희열을 주지 못했다.

예전 경쟁 기업을 파멸시키며 사람들이 괴로워하는 것을 보며 느끼던 희열을 잊지 못한 세건은 또 다른 것에 눈을 돌리게 되었다.

총으로는 큰 기쁨을 느끼지 못하자 이젠 직접 피를 보는 방법을 찾게 되었다.

그건 바로 화기(火器)가 아닌 냉병기(冷兵器)였다.

즉 칼과 창 그리고 활과 같은 화약을 쓰지 않는 그런 무기들 말이다.

사냥용 석궁을 준비하고 직접 사냥을 하여 사냥감을 해체하면서 세건은 이전에 잊었던 희열을 다시금 느끼게 되었다.

어떻게 보면 평범한 사냥이란 취미를 가진 것으로 보일 수도 있지만, 세건의 상태는 결코 그런 것이 아니었다.

사냥감을 잔인하게 해체하며 죽지 않은 사냥감이 해체 과정에서 괴로워하는 것을 보며 흥분을 하는 것이었다.

대상의 죽음을 자신의 손으로 통제한다는 감정에서 세건은 자신이 마치 신이라도 된 것 같은 감정에 자아도취 되었다.

이런 취미를 가지다 보니 이젠 동물로는 성에 차지 않았다.

어느 날 이런 갈증에 시달리던 세건은 아주 우연히 새로운 것을 깨달았다.

그건 다름이 아니라 사람을 사냥하는 것이었다.

사냥을 나갔다 자신의 실수로 동행한 수행원이 자신의 석궁에 부상을 당했다.

처음에는 무척이나 당황했다.

하지만 그것도 잠시 부상을 당한 수행원이 피를 흘리며 괴로워하는 모습을 보자 자신도 모르게 흥분했다.

그때의 흥분이 지금까지 느껴 본 그 어떤 감정보다 컸다.

그건 자신이 경쟁자들을 물리치고 서양그룹의 총수인 김춘삼 회장의 무남독녀인 지금의 부인과 결혼을 했을 때보다, 아들인 병찬을 자신의 품에 안았을 때보다 더 컸다.

그때부터였다.

세건은 자신을 추종하는 경호원 몇을 시켜 사냥감을 모색했다.

그런데 우연히 알게 된 것인데, 국내 상류층에는 자신과 비슷한 취미를 가진 이들이 꽤 있었다.

처음에는 이런 사실을 몰라 조심을 했는데, 나중에 이런 사실을 알게 되자 서로 연락을 하며 정보를 교환했다.

그리고 비슷한 취미를 가지고 있다는 동질감에 사업에서도 서로 협력을 하며 승승장구를 했다.

같은 취미를 가지고 있다 보니 비밀스런 취미 생활을 하는 것도 무척이나 쉬웠다.

아무튼 자신의 아들을 그렇게 만든 것이 하찮은 벌레의

가족이라는 것을 알았을 때, 세건이 느낀 감정 중 가장 큰 것은 분노가 아닌 새로운 사냥감의 발견했다는 쾌감이었다.

병신 같은 김병두 의원의 비위를 맞춰 주던 것도 이것으로 끝이다.

뒤에서 그를 조종하는 것은 이젠 더 이상 진절머리가 났다.

제 아버지의 영향으로 자신이 국회의원이 된 것도 모르고 제 잘난 줄 알고 한 것 까부는 것을 두고 볼 수가 없었다.

일이라도 제대로 처리했다면 조금 더 두고 볼 것이었지만, 그 집안은 더 이상 후원을 할 필요를 느끼지 못했다.

물론 아직까지 그의 아버지인 김한수 의원이 영향력이 죽지 않았기에 완전한 인연 끊기를 하지는 못하겠지만 서서히 관계를 정리할 필요가 있었다.

뭐 그것은 자신의 장인인 서양그룹 총수가 할 것이니 자신은 이번 일의 원인과 주체를 처리하는 일에 신경을 쓰면 될 것이다.

그렇지 않아도 자신의 부인의 눈초리가 심상치 않았다.

김수희, 서양그룹 김춘삼 회장의 무남독녀 외동딸인 그녀 또한 자신 못지않은 이상 성격의 여인이었다.

세건은 그녀의 과시욕과 독점욕을 누구보다 경멸하는 사람이었다.

하지만 그녀가 자신에게 절실히 필요하다는 것 또한 사실이다.

자신의 야망을 위해선 그녀가 무척이나 필요하기에 자신과 격이 맞지 않는다 생각하지만 자신의 야망이 이루어지기 전까지는 결코 그녀를 버릴 생각이 없었다.

아니, 자신의 옆에 놔두기 전혀 꿇릴 것이 없는 외모를 타고났다.

예전 미스코리아였던 장모의 외모를 그대로 물려받아 외모만큼의 어디 가서 빠지지 않았다.

다만 외모만큼 든 것이 없고, 제 잘난 것을 알고 있는 그녀의 자존만대 한 성격만 조금 줄인다면 세건도 별 불만이 없었다.

자신의 일에 별 간섭을 하지 않는 그녀가 있기에 지금 자신이 모르게 일을 추진할 수 있는 것이니 말이다.

자신의 부인이 자신에게 화를 내는 것은 다른 것이 아닌 병찬의 일뿐이다.

병찬이 사고를 쳤을 때, 자신이 제대로 수습을 해 주지 않을 때만 난리를 치는 것이었다.

자신의 허영을 채우기 위한 존재가 바로 자신과 아들 병찬이기 때문이다.

국내 최고 경영 대학원을 나온 자신이나, 비록 사고를 쳐 도피성 유학이긴 했지만 그런대로 자신의 머리를 물려받은 병찬은 미국에서 MBA를 취득했다.

그런 아들이 원인불명의 병에 걸려 요양하고 있는데, 만약 그 병이 누군가에 의해 벌어진 짓이란 것을 알게 된다면 자신의 부인이 그냥 두고 보지는 않을 것이란 사실을 누구보다 잘 알고 있는 세건은 자신이 먼저 나서기로 했다.

세건은 김병두와 회동을 했을 때 들은 정보를 토대로 보다 면밀히 알아볼 생각에 그룹 산하 정보 조직을 이용했다.

자신의 회사 내 비서실이 아닌 서양그룹 차원의 일로 장인 몰래 자신이 심어 놓은 라인을 동원해 알아보았다.

그리고 지금 자신의 책상 위에 그 보고서가 올라와 있었다.

세건은 두 개의 봉투를 노려보다 우선 아들의 사건과 연류 되었다는 여자아이에 관한 보고서를 읽어 보았다.

[캘리포니아 주 오렌지카운티 서부 데이비치 3번가…… 보호자겸 경호원으로 보이는…… 특전사 독거미팀 출신으로…… 중사 전역…… 세인트 조나단 예술학교 8학년 재학 중…… 교우관계는 무난하다.]

"훗, 그래도 그런 일을 당하고도 이렇게 생활할 수 있다는 것을 보면 이년도 물건이군."

이세건은 수진에 관한 보고서를 보며 이렇게 중얼거렸다.

자신이 생각하기에 수진도 상당한 정신력의 소유자가 아닐 수 없었다.

17살이란 어린 나이에 성폭행을 당하고, 또 보호자인 엄마가 살해되는 장면을 직접 목격을 하고도 이렇게 생활할 수 있다는 것이 참으로 신기했다.

물론 이세건에게 이 모든 것이 희한한 동물을 보는 것, 그 이상도 이하도 아니지만 말이다.

더러운 일을 공개적으로 처리하기 싫어 자신은 뒤로 한 걸음 물러나 진행을 지켜보기만 했더니 역시나 일은 깔끔하게 처리되지 못했다.

"흠, 어쩐다?"

수진에 관한 보고서를 읽던 세건은 수진을 어떻게 처리할 것인지 고민을 하기 시작했다.

그냥 놔두기도 찜찜하고 그렇다고 미국에 있는데, 김병두처럼 청부를 넣었다가 실패를 하게 되면 기분이 더러워질 것 같아 인상이 찌푸려졌다.

국내에만 있었더라면 자신이 직접 손을 써서 확실하게 일을 끝마쳤을 텐데 멀고먼 미국에 있다니 쉽게 결정을 내릴 수가 없어 짜증이 나기 시작했다.

아무리 미국이 총기 규제가 엄격하지 못해 총기 사고가 흔하다고 하지만 그녀의 곁에는 경호원이 24시간 붙어 있지 않은가?

더욱이 그 경호원이 그저 그런 경호원이 아닌, 특수부대에서 경호를 전문으로 교육받은 인물이었다.

"이건 좀 더 조사를 해 보고 결정해야겠군."

세건은 김병두의 생각과 다르게 수진의 일에 쉽게 결정을 내리지 않고 좀 더 자세히 조사를 해 보기로 했다.

띠!

―네, 사장님!

"김상수 전무 좀 부탁해."

인터폰을 눌러 비서를 호출한 이세건은 상냥한 목소리로 김상수 전무를 호출했다.

김상수 전무가 장인이 자신을 감시하기 위해 심어 놓은 존재라는 것을 잘 알고 있으면서도 세건은 그를 호출하였다.

오래전부터 서양건설의 지저분한 일들을 맡아 처리하는 일을 하는 이가 바로 김상수였다.

하지만 자신이 서양건설에 입사하기 전 그룹 비서실로 들어갔다가 자신이 수희와 결혼을 하고 서양건설 사장으로 취임하자, 그도 전무 이사직으로 승차해서 다시 서양건설로 왔다.

이러한 사실을 잘 알지만, 세건은 자신의 장인에게 자신이 가족을 위해서 얼마나 헌신적으로 일을 하는지 보여 주기 위해 일부러 그를 부른 것이다.

비서를 통해 김상수 전무를 호출하고 그에게 어떤 일을 시킬 것인지 다시 한 번 계획을 세웠다.

조금 뒤 호출한 김상수 전무가 도착을 했다.

"부르셨습니까?"

"어서 와요. 일단 자리에 앉으시죠."

이세건은 김상수 전문에게 자리를 권하고 자신도 자리에서 일어나 그의 곁으로 가 앉았다.

두 사람은 자리에 앉아 이야기를 시작했다.

"그래 무슨 일로?"

"다른 게 아니라…… 김 전무님이 그런 쪽으로 잘 알고 있다고 해서……."

이세건은 뒷말을 흐리며 말을 꺼냈다.

하지만 김상수 전무도 이세건 사장이 이렇게 말을 흐리는 것이 어떤 것을 말하는 것인지 짐작할 수 있었다.

"누가 사장님의 심기를 거슬린 자가 있습니까?"

"김 전무도 알겠지만 병찬이가 많이 아프지 않습니까?"

"예, 도련님이 많이 편찮으시다고……."

김상수는 자신의 모시는 회장의 외손자에 대하여 도련님이란 표현을 썼다.

이는 자신의 직속상관인 사장을 그저 사장님이라 부르는 것과는 대조적으로 세건 보다는 그의 아들인 병찬을 더 가깝게 생각하는 표현이었다.

하지만 이세건은 이런 것은 신경도 쓰지 않고 말을 하였다.

"병찬이 그리된 원인을 알아냈소. 그래서 나도 그자가 그랬던 것처럼 그 아픔을 그에게 다시 돌려주려는 것이오."

이세건의 이야기를 들은 김상수는 이세건이 복수를 원한다는 말에 고개를 끄덕였다.

당연히 그래야 한다고 생각했다.

원래 조폭 출신인 김상수는 서양그룹 김춘삼 회장의 눈에 뛰어 서양건설에 적을 두게 되었다.

서양그룹이 지금의 위치에 오르는 데 많은 영향력을 행사한 것도 사실 김상수가 한 일이었다.

서양그룹과 관련된 사건사고에 언제나 그가 관여해 일을 마무리하곤 했었다.

한때 서양그룹은 비자금과 세금 포탈 등 갖가지 사건이 내부 고발자에 의해 폭로가 된 적이 있었다.

그 때문에 회장인 김춘삼이 국회에 불려가고 또, 검찰에도 불려 가는 등 뉴스에 오르락내리락했었다.

하지만 그것도 잠시 고발자가 실종되는 바람에 그 사건은 흐지부지되고 말았다.

고발자가 사라진 마당에 검찰에 넘겨진 신고 자료는 서양그룹의 로비를 통해 거짓이란 판정을 받아 일은 일단락되었다.

그런데 그 내부 고발자 실종에 이 김상수 전무가 연관이 있었다.

이는 이세건도 잘 알고 있는 일이었다.

그 내부 고발자는 바로 이세건의 동기로, 한참 승승장구하던 찰라 회사에서 진행 중인 프로젝트가 불법이고, 사람들에게 장기적 피해를 입히는 일이란 것을 발견하고는 상부에 건의를 했다가 묵살당한 것에 대해 부당함을 고발했던 것이다.

하지만 그 결과는 고발자의 실종으로 끝났다.

그러니 이세건은 김상수 전무를 통해 미국에 있다는 수진에 대한 일처리를 그에게 시키려는 것이다.

어설프게 남의 손에 맡기느니, 이렇게 내부에 확실한 해결사가 있는데 그를 쓰지 않는 것도 미련한 짓이다.

물론 그가 장인의 사람이라는 것이 조금 걸리긴 하지만 말이다.

"그게 누굽니까?"

김상수는 세건이 병찬이 그리된 것이 누군가에 의해 벌어진 일이란 말을 듣자 그게 누군지 물었다.

"전직 특수부대 교관이란 잔데……."

세건은 병찬이 그리된 원인과 결과에 대하여 간략하게 설명을 해 주었다.

모든 이야기를 들은 김상수는 알겠다는 대답을 하였다.

"알겠습니다. 우선 그 조카라는 년을 처리하면 되는 것입니까?"

"그래, 그런데 너무 무리하진 말고. 그년 곁에는 경호원이 붙어 있다고 합니다. 또 누가 붙어 있을지 모르니까, 일단 주변을 살펴보고 아니다 싶으면 여기 그놈에 대한 정보도 있으니 참고해 보도록 하세요."

"알겠습니다. 일단 확실한 놈들로 일을 추진해 보겠습니다."

"그러도록 해요. 그리고 여기 이건 운영비로 쓰고, 부족한 것은 연락하고 내 알아서 챙겨줄 테니."

"알겠습니다. 그 일은 제가 알아서 처리하겠습니다."

"그럼 난 김 전무만 믿겠어요."

"염려 놓으십시오."

이세건과 김상수 전무는 다른 사람의 생명에 관해 마치 자신의 호주머니에 든 물건을 언급하듯 이야기를 끝냈다.

◈　　◈　　◈

"그래 요즘 주변에 수상한 자들은 없고?"

성환은 조카의 안전을 위해 파견한 2팀의 팀장인 재원과 통화를 하고 있었다.

급한 일이 아니면 일주일에 한 번씩 보고를 하게 하였다.

그리고 오늘이 바로 재원으로부터 보고가 있은 날이었다.

일주일간 있었던 조카의 생활에 대한 간단한 보고와 주변 동향에 관해 보고를 받았다.

"그자들은 그렇게 쉽게 포기할 위인들이 아니다. 나와 약속을 했다고 하지만 믿을 수 있는 자들이 아니니 각별히 신경 쓰기 바란다."

연예인이 되겠다며 학업도 중단하고 자신의 꿈을 찾아 기획사에 들어가 연습을 하던 조카가 봉변을 당한 것도 모자라 보호자인 엄마까지 잃었다.

이제는 이 세상에 유일한 친족인 자신만이 남아 있다.

그러니 성환은 자신이 누나에게 입은 은혜를 갚기 위해서라도 수진이를 잘 키워야 할 의무가 있는 성환은 수진의 일에 많은 노력을 했다.

외부로의 위협으로부터 안전하게 지키기 위해 수진 모르게 S1의 2팀을 보냈다.

이젠 S1이 아닌 KSS경호의 특수 경호 2팀으로 이름을 바꾼 이들을 파견했다.

그리고 그러한 사실은 수진과 함께 생활하며 안전을 책임지고 있는 진희만 알고 있었다.

괜히 수진에게 그러한 사실을 알렸다가 어떤 상황이 닥칠지 모르기 때문이다.

지금 잘 생활하고 있는 수진에게 불안감을 조성할 필요

는 없으니 조용히 주변을 살피며 경호하면 되는 일이다.

자신이 직접 가르친 2팀이라면 충분히 수진에게 들키지 않고 수진의 안전을 책임질 수 있을 것이란 믿음이 있었다.

그들이 하지 못하는 것은 이 세상 누구도 하지 못한다.

그만큼 성환이 그들을 키우는 데 심혈을 기울였다.

현대에는 이미 사라진 무공을 가르쳤기에 특별경호 1팀이나 2팀은 자신을 뺀 그 어떤 상대가 오더라도 혼자서 일당백을 할 수 있는 이들이다.

전화를 마치고 성환은 잠시 눈을 감고 앞날을 생각했다.

하루라도 빨리 지금 하고 있는 일을 마무리하고 싶었다.

하지만 그렇다고 급하게 일을 추진하다 보면 어딘가에 허술한 부분이 생기기 마련이다.

그렇기 때문에 이렇게 한 가지 일을 할 때마다 성환은 습관적으로 자신이 지시한 일에 관해 복기(復棋)를 해 보았다.

자신이 한 일에 어디 허술한 곳은 없는지 다시 짚어봄으로써 프로젝트의 성공을 기원하는 것이다.

성환에게 세창과 약속한 프로젝트도 중요하지만 가장 중요한 것은 조카 수진에 대한 안전이다.

수진이 잘못된다면 자신은 괴물이 되어 그 일과 관련자들을 그냥 두지 않을 것이기 때문이다.

그렇기 때문에 성환은 현재 자신이 생각하는 최악이 되

지 않기 위해 최선을 다하고 있다.

미국에서 보낸 특수부대원들을 가르치는 것부터, 그들과 함께 가르치는 KSS직원들까지 하나 같이 장기적 계획을 가지고 일을 추진 중이다.

그 모든 것 중에 하나라도 삐끗하는 일이 발생한다면 그 파장은 어떻게 번질지 아무도 예측할 수 없다.

성환이 앞날에 관해 복기를 하고 있을 때, 문을 열고 들어오는 사람이 있었다.

"회장님, 나가실 시간입니다."

용성이 다가와 성환을 불렀다.

얼마 전 일로 최진혁은 성환을 보기가 조금은 두려웠다.

도둑이 제 발 저린다고, 직접적으로 한 말은 아니지만 간접적으로 경고의 행동을 보이자 바로 고개를 숙이며 자숙을 하였다.

그 때문에 현재 만수파의 일은 주로 김용성이 전담해 성환에게 전령 역할을 하고 있으며, 진혁은 카지노의 일과 조직 내부의 문제 해결만 맡아 하고 있었다.

오늘은 만수파의 일중 신호남파와의 문제로 인해 성환이 나갈 일이 있어 이렇게 용성이 성환을 찾아왔다.

백곰파와 연합을 해 만수파의 행보를 방해했던 신호남파이기에 이번 기회에 일을 마무리할 필요가 있었다.

전에 진원파 통합 과정에서 그들이 관여했던 부분도 있

으니 그 부분과 함께 일을 처리할 계획이다.

"그래, 벌써 시간이 이리되었나?"

"예, 약속된 시간까지 30분 남았습니다."

"알았다, 나가지."

약속 시간까지 30분 남았다.

그들과 약속한 장소까지 그리 멀지 않기에 지금 출발하면 시간에 맞춰 갈 수 있었다.

오늘의 약속은 신호남파에서 먼저 제안을 하여 만나게 되는 일이었다.

자신들이 백곰파와 연합을 했지만, 백곰파는 이미 성환에 의해 와해되어 만수파에 흡수 아닌 흡수가 되었다.

물론 그것이 영원한 통합은 아니었다.

성환이 전에 간부들에게 했던 말처럼 어느 정도 시기가 되면 구역을 정해 다시 분리가 될 것이기 때문이다.

아무튼 연합의 한 축이 무너진 것을 깨달은 신호남파에서 자신들의 생존을 위해 선택을 해야만 했다.

다른 조직과 또 다시 연합을 하든, 아니면 홀로 만수파를 상대하든지 말이다.

하지만 신호남파는 두 가지 선택이 아닌 협상을 하기로 했다.

물론 그것을 성환이 들어줄지는 아직 미지수였다.

성환이 지금 만수파를 도와주고 있는 것은 모두 삼청 프로젝트를 진행하는 과정에서 보다 수월하게 일을 추진하기 위해 만수파를 도와주고 있는 것이지, 자신이 밤의 세계를 지배하려는 목적에서 하는 일이 아니기 때문이다.

모든 것이 세창이 세운 대계에 따라 성환이 능동적으로 그 계책을 임의로 판단해 추진하는 것이다.

지금까지 성환의 진행 방향은 처음 세창이 세운 대계와 일맥상통하고 있었다.

큰 그림은 세창이 세우고 세부적인 작업은 성환이 그려 나가는 것이 두 사람 간의 약속이었기 때문이다.

성환은 최대한 큰 혼란 없이 일이 끝나길 원했다.

그러기 위해선 어떤 수단도 사용할 용의가 있었다.

그 수단에는 자신이 가진 무공도 있었고, 섬에서 훈련을 하고 있는 특별경호 1팀이나 경호원들도 동원할 수 있었다.

모든 것은 유동적이었다.

앞으로 다른 조직들이 어떻게 나오느냐에 따라 성환이 사용할 방법들이 달라질 것이기 때문이다.

◈　　◈　　◈

서양그룹 홍보 이사인 김수희는 집안의 여름 별장의 창 밖을 보며 무언가 생각에 잠겨 있었다.

그녀가 이곳에 있는 이유는 작년 말, 원인 불명의 병을 얻은 아들 때문이다.

수시로 고통을 호소하는 아들을 위해 이곳 여름 별장을 아들의 요양 시설로 사용 중이었다.

자신의 자랑이었던 아들이 원인 모를 병에 걸려 고통에 시달리는 모습을 지켜보기 괴로워 별장으로 보내긴 했지만 혹시나 차도가 있을까? 일주일에 1—2번 둘러보기는 하지만 요즘 들어 점점 들르는 횟수가 줄어들고 있다.

차도가 없고 고통을 호소하는 아들을 보는 것이 여간 괴로운 것이 아니다 보니 점점 소원해졌다.

한때 자신의 자랑스러운 아들이었는데, 지금은 보기 괴로운 그런 존재가 되고 말았다.

물론 자신의 아들이 어려서 사고를 치고 다녀 속이 상하기도 했지만, 그건 어릴 때 일 아닌가?

사리분별 못하는 나이에 그 정도 일을 별일 아니지 않은가?

몸을 이용해 신분 상승을 꾀하던 자들에게 확실하게 자신과 그들의 차이를 보여 줌으로써 감히 자신의 아들을 넘보지 못하게 만들어 주기도 했다.

그런데 오늘 이상한 소리를 들었다.

자신의 아들이 고통을 받는 것이 어떤 못된 놈이 일부러 만들었다는 소리였다.

감이 어떤 놈이 그런 천인공노할 짓을 저지른 것인지 수희는 이곳을 오는 내내 화가 났다.

그래서 수희는 이곳에 오면서 남편에게 연락을 했다.

그런 짓을 한 놈이 누군지 알고 있는지 말이다.

그런데 남편은 알고 있다고 한다.

어떻게 그럴 수가 있는가? 어떻게 그런 일을 알고 있으면서 어떻게 지금까지 자신에게 한마디 말을 하지 않았는지 그것도 화가 났다.

그 때문에 남편에게 고함을 치기도 했다.

그렇다고 남편에게 미안한 마음이 드는 것은 아니었다.

어떻게 아들이 이 지경이 되어 있는데, 아버지란 사람이 그렇게 무신경할 수 있는 것인지 이해가 가지 않았다.

한참 실랑이를 하던 중 남편도 이곳에 오기로 했다.

그래서 중간에 싸우던 것을 멈추고, 이곳에서 다시 이야기하기로 하였다.

이제 올 시간이 되었는데, 남편은 아직 도착을 하지 않았다.

수희는 남편을 기다리다 고개를 돌려 2층을 보았다.

그녀의 시선이 꽂인 방은 그녀의 아들인 이병찬이 있는 방이었다.

이미 약에 취해 잠이 들어 지금은 아무런 소란이 없이 조용했다.

잠시 아들의 방을 보고 있자 밖에서 차가 들어오는 소리가 들렸다.

고개를 돌리고 창밖을 보니 남편의 차가 들어오는 것이 보였다.

해는 떨어졌지만 아직 그리 어둡지는 않아 별장으로 들어오는 차종을 확인할 수 있어, 그것이 남편의 차라는 것을 잘 알고 있었다.

수희는 이곳에서 남편을 기다리기보다는 밖으로 나가 남편을 맞기로 했다.

그에게서 들어야 할 말이 많았기 때문에 남편이 안으로 들어오기까지 기다릴 여유가 없었다.

◆　　　◆　　　◆

"어떻게 내게 일언반구 없이 속일 수 있어요?"

이세건은 부인과 약속한 것 때문에 별장에 들어와 차에서 내리는데, 갑자기 들려온 소리에 깜짝 놀랐다.

놀라 고개를 돌리고 확인을 하니 자신의 부인이 도끼눈을 뜨고 자신을 쳐다보는 것이 보였다.

"사람들 들어, 들어가서 얘기해."

"그게 무슨 상관이에요. 말해 봐요, 왜 그랬어요."

막무가내로 밀어붙이는 수희를 보며 세건의 눈살이 절로 찌푸려졌다.

"들어가서 얘기해."

잔뜩 찌푸려진 얼굴로 낮은 목소리로 말을 하지 수희도 더 이상 세건을 다그치지 못하고 입술을 깨물었다.

별장 안으로 들어온 이세건은 자꾸만 자신의 곁에서 다그치는 아내의 모습에 점점 짜증이 나기 시작했다.

"그만!"

"뭘 그만해요."

하지만 이세건이 짜증이 나건 아무런 상관도 없이 김수희는 자신의 말만을 할 뿐이었다.

그것이 세건에게 얼마나 스트레스인지 그녀는 알지 못하고 그저 자신의 기분이 풀릴 때까지 옆에서 떠들어 댔다.

털썩!

자신의 부인이 옆에서 쪼아 대는 통에 급하게 지친 세건은 쇼파에 앉았다.

그런 남편의 모습에 잠시 말을 멈춘 수희는 조용히 그 곁으로 갔다.

수희가 옆자리에 앉는 것을 확인한 세건은 그녀가 무슨 말을 할지 알고 있기에 부인이 말을 하기 전 먼저 그녀가 듣고 싶어 하는 말을 들려주었다.

"당신이 무엇을 궁금해하는지 잘 알고 있으니 내가 말해줄게."

자신이 김병두 의원에게 들었던 이야기와 조금 전 회사

에서 김상수 전무에게 지시한 것까지 모든 것을 들려주었다.

하지만 수희는 남편의 이야기를 듣고 기가 막혔다.

어떻게 그런 이야기를 듣고도 지금까지 자신에게 일언반구, 한마디 없었던 것인지 화가 났다.

"당신은 어쩜 그 사실을 알고도 내게 한마디 말도 없이……."

"그래서 지금 이야기하잖아."

"그래 그럼 어쩔 거예요?"

"어떻게 하긴, 이야기했잖아. 좀 더 알아봐야 한다고."

"알아보긴 뭘 더 알아봐요. 어떻게 그런 놈을 그냥 둘 수가 있어요? 당장 연락해요."

수희는 자신의 아들을 병신 아닌 병신으로 만들어 버린 범인이 성환이란 것을 듣게 되자 이렇게 흥분을 하며 소리쳤다.

사실 이렇게 소리치고 싶은 것은 세건도 마찬가지였다.

저렇게 소리를 칠 수만 있었더라도 어느 정도 기분이라도 풀릴 것이지만, 그것이 전혀 도움이 되지 않는다는 사실을 알고 있는 세건의 이성이 흥분하는 것을 자제하고 있는 것이다.

"모르는 소리하지 말고, 조용히 지켜보기나 해."

낮지만 무게가 실린 목소리로 흥분하는 수희에게 말을 했다.

그런 남편의 변화에 수희도 움찔하지 않을 수가 없었다.

자신의 남편은 가끔씩 이런 모습을 보일 때가 있었다.

평소에는 아버지의 눈치를 보느라 자신의 말이라면 모두 들어주지만, 이렇게 낮게 말을 할 때면 아무리 자신의 아버지가 간섭을 해도 막을 수가 없었다.

'이이가 무슨 생각으로 이렇게 시간을 질질 끄는 거지?'

수희는 도저히 남편의 생각을 알 수가 없어 답답했다.

'안 되겠어! 내가 따로 아버지께 말씀 드려야겠어.'

자신의 아버지가 나선다면 충분히 답답한 자신의 가슴을 시원하게 해 줄 것이란 상상을 하면서 지금은 남편을 더 이상 자극하지 않기로 했다.

김수희가 이런 생각을 하고 있을 때, 세건은 조금 전 수희의 반응을 보며 뭔가 자신이 일을 벌이기 전에 그녀가 먼저 일을 벌일 것 같다는 생각을 하였다.

아들의 일이라면 그 무엇보다 적극적인 여자이기에 아무래도 이번 일로 장인에게 한 번 불려 갈 것 같다는 예상을 하게 되었다.

그런 생각을 하자 다시금 피곤해졌다.

◈　　◈　　◈

김한수 의원은 느닷없이 걸려온 서양그룹 김춘삼 회장의

전화에 당황스러웠다.

자신의 후원자 중 한 명이기는 하지만 평소 그렇게 자주 연락을 하는 사이도 아니고, 또 그가 먼저 자신에게 연락을 하는 성격도 아니었다.

즉, 자신이 필요해서 그에게 연락을 하는 경우는 있어도 그가 먼저 연락을 하는 경우는 없었다.

그런데 무슨 이유에서인지 자신에게 먼저 연락을 해 만나자는 약속을 한 것이다.

이제 선거 유세 막바지에 들어 무척이나 바쁜 처지이지만, 그렇다고 그를 소홀히 대할 수는 없는 문제라 어렵게 시간을 빼 그를 만나러 가는 중이다.

그가 탄 차가 약속 장소인 소향이라는 한식당에 도착을 하자 상념을 지우고 차에서 내렸다.

"어서 오십시오."

김한수 의원이 내리자 입구에서 한복을 입은 여인들이 줄을 서 그를 맞았다.

"서양그룹 김 회장님은 도착했나?"

"예, 별채에 계십니다."

김한수는 차에서 내리며 자신에게 인사를 하는 마담을 보며 물었다.

이곳은 정관계 인사들이 자주 찾는 곳일 뿐 아니라, 재계의 인사들도 많이 찾는 곳이었다.

조선 시대 전통 가옥을 개수하여 개장한 곳이라 그런지 건물의 배치나 정원의 위치 등, 풍기는 기운이 아주 정갈하고 사람의 마음을 편하게 하는 멋이 있었다.

그 때문인지 이곳을 찾는 사람들의 신분도 상당했고, 또 음식 가격도 만만치 않았다.

하지만 그렇더라도 김한수 의원과 같은 중진 의원들이나 재계에서 손에 꼽힐 부자인 김춘삼 회장 정도가 부담될 정도는 아니다.

음식 맛도 맛이지만 조용히 이야기하기도 좋은 곳이다 보니 많이들 찾았다.

마담의 안내를 받아 본관에서 떨어진 별관으로 향했다.

"허허, 어서 오시오, 김 의원!"

"반갑소, 김 회장. 그런데 어쩐 일로 날 다 보자고 했소?"

안내를 받아 간 방의 문이 열리고 김한수 의원이 안으로 들어서자 먼저 와 있던 김춘삼 회장이 방문이 열리자 자리에서 일어나 김한수 의원을 맞았다.

그리고 자신을 반기는 김춘삼을 보며 김한수 또한 인사를 하며 자신을 보자고 한 이유를 물었다.

"뭐가 그리 급하십니까? 내, 김 의원 바쁜 거 다 알지만, 일단 앉아서 식사라도 하면서 이야기를 나눕시다, 하하하!"

김춘삼은 자신에게 무엇 때문에 만나자고 했는지 물어오는 김한수를 보며 이렇게 자리를 권하며 자신도 자리에 앉았다.

김한수 의원이 자리에 앉자 그를 안내했던 마담이 물었다.

"준비할까요?"

"그래, 아까 말한 것 들여보내게."

"예, 그럼 말씀 나누십시오. 곧 상을 봐 드리겠습니다."

마담이 나가고 김한수 의원과 김춘삼 회장의 옆자리에 한복을 곱게 차려입은 아가씨들이 앉아 두 사람의 수발을 들었다.

두 사람의 잔에 술이 따라지고, 김한수 의원과 김춘삼 회장은 잔을 들어 술을 먹으며 아가씨들이 집어 준 안주를 받아먹었다.

이렇게 술이 어느 정도 들어가자 김한수 의원은 잔을 내려놓고 물었다.

"김 회장님께서 내게 술이나 하자고 부르신 것은 아닐 것이고…… 그래, 무슨 일이십니까?"

김한수 의원이 더 이상 궁금증을 참지 못하고 물었다.

그런 김한수 의원의 질문에 김춘삼 회장은 잠시 옆자리에 있는 아가씨에게 손짓을 해 보였다.

그러자 그 여인은 김한수 의원과 김춘삼 회장을 보며 김한수 의원 옆자리에 있는 아가씨와 함께 밖으로 나갔다.

"잠시 화장 좀 고치고 오겠습니다."

"그래, 내가 의원님과 긴히 할 이야기가 있으니 조금 있다 들어오도록 해."

탁!

문이 닫히고 방 안에 김한수 의원과 둘이 남게 되자 김춘삼 회장이 눈빛을 바꾸며 말을 하였다.

"김 의원, 그자가 누군가?"

"누굴 말하는 겐가?"

조금 전 다른 사람이 있을 때와 전혀 다른 말투로 말을 하는 김춘삼 회장이나 김한수 의원이 목소리를 죽이며 이야기를 하기 시작했다.

"이거 내가 묻는 이가 누구란 것을 잘 알지 않나?"

"내가 자네의 속을 들여다볼 수 있는 것도 아니고, 그렇게 물으면 내가 어떻게 답을 한단 말인가? 정확하게 무얼 물어보려는 것인지 확실히 말하게."

"그리 말한다면…… 우리 병찬이를 그리 만든 것이 누군가?"

김한수는 김춘삼이 자신의 외손자 이름을 꺼내면 물어오자 그제야 그가 누굴 말하는 것인지 알게 되었다.

김춘삼 회장의 용건이 뭔지 알게 되자 김한수 의원의 머릿속이 바쁘게 돌아가기 시작했다.

지금의 상황을 어떻게 이용해야 자신에게 유리할 것인지 한참을 고민하는 것이다.

그런 김한수 의원을 보던 김춘삼 회장의 눈빛이 차갑게 식어 갔다.

'역시나 이자는 오래 볼 사람은 아니야.'

김춘삼이 6선이나 되는 김한수 의원과 그리 가깝게 지내지 않는 것은 모두 이런 김한수 의원의 성격 때문이었다.

언제나 자신의 이익만을 생각하는 위인이라, 장사꾼인 자신과는 맞지 않았다.

이윤도 어느 정도껏 챙기는 것은 이해를 한다.

그것이 장사의 기본이 아닌가?

하지만 김한수 의원은 그런 정도를 벗어나도 한참을 벗어난 인간이었다.

정치도 그렇고 장사도 그렇다. 서로 주고받는 것이 있어야 하는 것이다.

그런데 김한수 의원은 그런 것에 인색했다.

자신의 필요에 의해 관계를 맺었다가도 필요가 없다 생각되면 가차 없이 관계를 끊어 버린다.

그러다 다시 필요하게 되면 언제 그랬냐는 듯 행동을 했다.

그래서 정계는 물론이고, 재계에서도 김한수 의원은 기피 대상이었다.

그의 아버지 대(代)부터 정계에 막강한 영향력을 행사해 오지 않았다면 진즉에 퇴출이 되었을 것이지만, 벌써 3대가 국회의원을 하고 있는 집안이다 보니 함부로 그를 할 수 없었다.

그러다 보니 기피 대상이 될 수밖에 없었다.

하지만 그래도 수완은 있는지 지금의 위치까지 올랐기에 김춘삼 회장도 가끔 이렇게 관계만 유지하고 있었다.

"참! 병찬이는 좀 어떤가? 우리 혁수도 그렇지만, 자네의 외손자도 그렇다지?"

어느 순간 김한수는 김춘삼 회장에게 자네란 표현을 쓰며 말하기 시작했다.

마치 오래된 친구에게 말을 하듯 자연스럽게 이야기를 풀어 가고 있었다.

김춘삼 회장도 이런 것이 조금 걸리긴 하지만, 자신이 들어야 할 말이 있어 억지로 참았다.

속에서는 김한수 의원의 행태에 구역질이 올라오지만 지금은 참을 수밖에 없었다.

"대한민국 최고의 의사들도 원인을 모른다고 손을 뗐는데 무슨 변화가 있겠나."

김한수 의원의 물음에 담담하게 대답을 하는 김춘삼 회장의 모습에 짐짓 걱정이다, 라는 표정을 하며 말을 하였다.

"그렇지, 우리 혁수 놈도 그렇고 있으니…… 참, 아까 무얼 물어본 거지? 내 나이를 먹다 보니 가끔 이렇게 깜빡한다네!"

"그래, 이해하지. 다른 것이 아니라, 내 듣기에 아이들이 그렇게 고통을 받고 있는 것이 누군가의 짓이라고?"

"아! 그랬지, 그렇다고 하더군."

"그게 누군가?"

김한수 의원의 입에서 누군가 자신의 외손자를 그렇게 만든 자에 관해 이야기가 나오자 단도직입적으로 물었다.

"음……."

하지만 김한수는 그것을 바로 대답을 하지 않았다.

한껏 뜸을 들여 김춘삼으로 하여금 뭔가를 얻어 내기 위한 수작이었다.

이건 김한수 의원이 처음부터 계획한 일이 아니라 그건 모두 본능적인 행동이었다.

계획하지 않아도 정치꾼인 그의 본능이 김한수 의원으로 하여금 그렇게 만들었다.

아무튼 반대급부가 없으면 자신의 궁금증을 말해 줄 것 같지 않다는 것을 잘 알고 있는 김춘삼으로서는 하는 수없이 상위에 봉투 하나를 꺼내 올렸다.

흰 봉투 하나가 상 위에 올라오자 김한수 의원의 눈이 반짝였다.

비록 자신이 들려줄 이야기가 김춘삼 회장이 조금만 신경을 쓴다면 금방 알 수 있는 내용이지만, 지금 이 자리에서 알 수 있는 것은 아니었다.

사실 김춘삼은 자신의 딸에게서 연락을 받았을 때, 자초지종을 듣고 싶었지만 딸도 자세한 내용은 알지 못했다.

내용을 모두 알고 있는 사위에게서 아무런 말도 듣지 못했다고 했기 때문이다.

사위가 그런 행동을 했을 때는 뭔가 일을 추진했다는 것을 알겠지만 그렇다고 자신의 딸이 이렇게 전화를 했는데 그냥 두고 볼 수도 없었다.

어찌 되었든 자신의 딸이고 외손자의 문제가 아닌가?

장차 자신의 뒤를 이어 대 서양그룹의 오너가 되어야 할 외손자가 저렇게 폐인이 되어 있는 모습을 보고 있는 것은 김춘삼도 괴롭기는 마찬가지였기 때문이다.

범인이 누구란 것만 알게 된다면 우선 외손자의 병을 고치고 또 그만한 응당 대가를 치르게 만들리라 다짐을 하지 않았던가.

그래서 이렇게 역겨운 김한수 의원의 행동을 모두 참아가며 자리를 지키며 그가 입을 열기를 기다렸다.

6.
혼란으로 치닫는 서울의 밤

잠실 인터콘티넨탈 호텔 스카이라운지에 일단의 사내들이 있었다.

　검은 정장을 하고 있는 다수의 사내들의 모습에 이곳에서 서울의 전경을 구경하려던 손님들은 그들의 위세에 눌려 발을 돌려야 했다.

　이들의 모습 때문에 손님들이 발길을 돌리는 것을 보면서도 어느 누구 하나 그들에게 나가라는 말을 할 수가 없었다.

　딱 봐도 그들이 보통 사람은 아니란 것을 알 수가 있었기 때문이다.

　탁 트인 스카이라운지에서 유일하게 자리에 앉아 있는

곳에서 회담이 열리고 있었다.

이들은 바로 만수파와 신호남파의 대표들이었다.

물론 만수파의 대표로 나온 이들 중 가운데 있는 이는 사람은 바로 성환이었다.

"무슨 일로 우릴 보자고 한 것이오?"

성환을 보며 신호남파의 두목인 백도길은 너무나 젊은 성환의 모습이나 진혁의 모습에 인상을 찌푸리며 물었다.

자신보다 어려 보이지만 그래도 조직의 우두머리에게 함부로 말을 할 수는 없어 그리 말을 했다.

이때 성환의 옆자리에 있던 최진혁이 그의 말을 받아 말을 했다.

"선배님, 어떻게 하시겠습니까? 저희와 계속 싸움을 하시겠습니까, 아니면 이쯤에서 항복을 하시겠습니까?"

진혁의 단도직입적인 물음에 백도길은 물론이고, 그의 옆자리에 함께한 조직의 간부들도 인상을 구겼다.

자리가 자리인 관계로 그들은 조용히 사태를 예의주시하고 있지만 방금 전 진혁의 물음은 그들의 자존심을 무시한 처사였다.

"자넨, 누군데 어른들 일에 껴드나?"

비록 양 조직의 대표들만 자리한 곳에 앉아 있다고 하지만, 만수파의 간부라고 하여 이 자리에서 함부로 말을 할 수 있는 자리가 아니었다.

그래서 백도길은 진혁이 만수파의 우두머린지도 모르고 이렇게 타이르듯 물었다.

물론 이건 백도길의 실수였고, 신호남파의 실수였다.

상대 조직에 관한 정보도 없이 싸움에 끼어든 것도 보족해 항쟁을 한 지 벌써 2달이 되어 가는데도 아직까지 만수파의 두목의 얼굴도 못 알아보고 있었다.

그런 것을 깨달은 성환은 속으로 이들이 한심해 보였다.

싸움의 기본은 상대를 파악하는 것부터다.

이것은 초등학생의 막싸움에서 국가 간의 전쟁까지 마찬가지로 적용되는 조건이었다.

그런데 이러한 기본적인 정보도 없이 지금까지 싸운 신호남파의 간부들의 어리석음을 알게 된 성환은 이런 이들조차 어쩌지 못한 만수파의 간부들을 돌아보았다.

이런 성환의 시선을 느낀 최진혁이나 만수파의 간부들은 부끄러워 고개도 못 들었다.

한편 만수파의 간부들이 자신이 한 질문이 있고 나서 다들 고개를 숙인 것이 못해 이상했다.

그런 이상한 분위기를 느끼지만 신호남파의 간부들이나 두목인 백도길은 어떤 행동도 취할 수 없었다.

왠지 모를 중압감 때문에 기를 펼 수가 없던 것이다.

신호남파의 두목인 백도길이나 간부들이 성환의 기세에 눌려 아무 소리도 못하고 있고, 또 만수파의 간부들 또한 성환의 눈치를 보느라 협상장의 분위기가 순간 침묵의 도가니로 빠져들었다.

하지만 언제까지 이러고 싶은 생각이 없는 성환이 나서서 분위기를 반전시켰다.

"너희가 보기에 만수파가 상대해 볼 만한 조직으로 보였을 수도 있다. 하지만 결과는 이미 나왔다. 너희는 만수파에 졌다, 인정하나?"

젊은 성환이 반말을 하고 있지만 어느 누구도 성환의 말에 반발을 하지 못했다.

지금 성환은 한마디, 한마디 말을 하면서 이들이 끽 소리도 못하게 더욱 기세를 올리고 있었다.

벌써부터 옆자리에 앉은 최진혁이나 김용성은 물론이고, 맞은편에 앉아 있는 백도길도 피부가 따끔할 정도로 뭔가를 느끼고 있었다.

만약 이 자리에 무술의 고수나 아니면 섬에 있는 KSS 경호의 직원들이 자리해 있었다면 이게 살기라는 것을 깨달았을 것이다.

성환은 지금 일을 빨리 마무리하기 위해 약하게나마 살기를 펼쳤다.

성환이 살기를 풍기는 것은 백곰파와 다르게 신호남파의 조직원들이 풍기는 기운이 결코 정상적이지 못했기 때문에 처음부터 기를 죽일 목적으로 살기를 피운 것이다.

몇몇 이들에게서 느껴지는 비릿한 냄새는 성환의 코끝을 시큰하게 만들었다.

그 냄새의 정체는 성환도 무척이나 잘 알고 있는 기운이 었는데, 그건 바로 자신의 누나를 죽였던 박원춘에게서 느껴지던 살인자의 냄새였다.

아니, 살인자라는 말도 부족할 정도로 사람을 죽여 본 살육자의 기운이었다.

그런 살육자의 기운을 풍기는 이들이 다수 있다는 소리는 이 조직이 결코 정상적인 폭력조직이 아닌, 보다 비밀이 있는 그런 조직이란 소리였다.

이미 이들은 성환의 눈에 포착이 되어 그들의 앞날은 결정되었다.

물론 지금은 그것을 밖으로 표하진 않았지만, 국가와 국민을 위해 그동안 충성해 온 성환이 보기에 사회에 있어 봐야 전혀 도움이 되지 않는 이들은 살아 있을 필요가 없는 그런 존재였다.

그렇기에 이런 자들을 처리하기 위해서라도 하루빨리 암흑가를 통일해야만 했다.

이런 자들이 살아 있어 봐야 피해자만 늘어날 뿐이니, 지금 진행 중인 프로젝트의 취지에 맞게 이런 자들은 모두 속아 낼 생각이다.

"너희 중에는 만수파와 함께 내 밑에 들어올 이들도 있고, 또 그렇지 못한 이들도 있을 것이다. 지금 이 순간 너희에게 선택은 딱 두 가지뿐이다."

성환은 선택이 두 가지 뿐이란 말을 하고 잠시 말을 끊고 백도길과 주변의 간부들을 보았다.

그리고 그 뒤에 도열해 있는 신호남파의 조직원들을 보았다.

'지금 이자가 무슨 소리를 하는 거야! 지금 협상을 하자는 거야? 아니면 싸움을 계속 하자는 거야?'

백도길은 느닷없이 연락이 와 협상을 하자고 해서 자리에 나왔다.

백곰 우형준에게서 온 전화로 인해 이 자리에 나왔는데, 이야기를 계속 듣고 있자니 이건 무슨 자신들이 항복하는 자리 같았다.

하지만 그렇다고 저 말에 반발을 하자니 뭔가가 꺼림칙했다.

알 수 없는 뭔가가 자꾸만 자신의 뒤통수를 찌르고 있어 함부로 말을 할 수도 없었다.

40평생을 살아오며 지금과 같은 느낌을 받아 본 적이 없는 백도길은 지금 무척이나 갈등을 하고 있었다.

이대로 협상장을 나올 것인지, 아니면 끝까지 남아 성환이 하는 이야기를 들을 것인지 갈피를 잡지 못하고 있다.

지금 이 순간이 자신의 생사가 결정되는 자리란 것을 그는 꿈에도 몰랐다.

자신의 뒤에서 살기를 풍기고 있는 부하들로 인해 성환의 기분이 점점 다운되고 있다는 것을 모르는 백도길은 지금도 자신만의 생각에 잠겨 성환의 눈이 차갑게 가라앉는 것을 보지 못했다.

그렇지만 백도길과 다르게 성환을 보고 있던 신호남파의 간부들은 성환의 얼굴에서 감정이 사라지는 것을 지켜보게 되었다.

분명 처음 자리를 할 때만 해도 너무나 나이에 맞지 않는 이가 만수파 대표로 자리하고 있는 것 때문에 눈여겨보았다.

이들은 성환을 소문으로만 듣던 최진혁으로 오해를 하고, 만수파 두목을 관찰한다는 생각으로 성환을 지켜보았다.

하지만 시간이 지날수록 이게 아니란 생각을 하게 되었다.

아니, 자신들이 생각하던 소문의 만수파 두목 최진혁은 저 정도가 아니었다.

만약 지금 눈앞에 있는 이가 최진혁이 맞는다면 그런 소문이 나오지 않았을 것이다.

만수파 1대 두목인 최만수가 죽고 2대 두목으로 추대될 때, 일부 간부들이 반발했었다는 사실을 알고 있다.

그런데 지금 눈앞에 있는 사람의 존재감은 그런 반발이

일어날 정도로 허술하지 않았다.

막말로 자신들의 두목인 백도길 이상의 카리스마를 풍기고 있었다.

이런 남자가 간부들의 반발을 그냥 넘겼을 리가 없다는 생각에 지금 뭔가 잘못되어 간다는 생각만이 이들의 머릿속을 떠돌았다.

그리고 그런 간부들의 생각을 읽는 것은 성환에게는 쉬운 일이었다.

군대에서 심리전을 배운 성환이 이들의 얼굴에 떠오른 생각을 읽지 못할 것이 없었다.

"큭! 지금 날 진혁으로 오해를 하고 있나 보군."

성환의 갑작스런 말에 그의 옆에 있던 최진혁이 움찔했다.

이 순간 왜 자신의 이름이 거론되는 것인지 알 수 없었기 때문이다.

오늘의 협상을 주재하기로 한 것은 성환이지 않은가?

그런데 그의 입에서 자신의 이름이 왜 나온 것인지 잠시 당황해하던 진혁은 자신의 맞은편에 앉은 신호남파 간부들의 표정을 보고 깨달았다.

지금까지 이들은 성환을 자신으로 오해를 하고 있었다는 것을 깨달았다.

그리고 조금 전 왜 성환이 자신이나 만수파 간부들에게

그리 말했는지도 명확하게 드러났다.

상대의 역량도 알지 못하는 상대를 두고 지금까지 질질 끌려 다녔다는 것을 생각하자 최진혁은 무척이나 자괴감이 생겼다.

자신이 너무 상대를 과대평가했다는 것을 깨달았다.

들리는 소문과 다르게 신호남파는 그렇게 탄탄한 조직이 아니었다.

물론 개인적인 무력이 약하단 것은 아니다.

그건 2달여에 가깝게 항쟁을 하며 느낀 것이지만, 이들의 능력이 그리 못하지 않다.

하지만 간부들의 정보력이나 그런 조직이 갖춰야 할 능력은 오히려 백곰파보다 못했다.

그런 것을 깨닫자 진혁도 조금 전까지 긴장하던 것에서 많이 여유로워졌다.

진혁의 변화를 눈치 챈 성환은 잠시 고개를 돌려 진혁을 보다 피식 미소를 지었다.

어찌 되었던 그는 한때 자신이 가르쳤던 적이 있던 존재라 그런지 신경을 쓰지 않을 수 없었기 때문이다.

KSS경호의 그들과 또 다르게 자신과 인연의 실로 연결이 된 진혁을 보며 미소를 짓다 고개를 돌려 다시 협상의 주체인 백도길을 돌아보았다.

이때 지금까지 성환의 기세에 눌려 아무 소리도 하지 못하던 백도길이 힘겹게 입을 열었다.

"……도대체 당신은 누구요? 만수파의 보스라고 보기에 그 자리는 당신에게 너무나 작아 보입니다."

처음은 반 공대로 시작했던 말이 끝날 때는 공대로 바뀌어 있었다.

하지만 백도길은 자신이 지금 어떤 말을 했는지도 깨닫지 못하고 있었다.

백도길의 질문에 대답을 한 것은 성환이 아닌 진혁이었다.

이미 마음속으로 여유를 찾은 진혁은 성환의 신분에 관해 백도길의 질문에 대답을 했다.

"이분은 우리 만수파가 회장님으로 모시는 분이시오. 선배, 그리고 내가 선배가 알고 있는 만수파 두목인 최진혁이오."

진혁의 대답이 있자 그제야 백도길은 물론이고, 신호남파 간부들은 고개를 끄덕였다.

자신들의 궁금증이 풀리자 바로 인정을 한 것이다.

그동안 성환의 기세에 눌려 있던 것이 어느 정도 해소가 되었다.

그렇다고 아주 풀려난 것은 아니었다.

이는 이들의 능력이 뛰어나서도, 그렇다고 진혁처럼 뭔가 알게 되어 마음의 여유가 생겨 그런 것이 아니라, 그저 성환이 협상을 위해 잠시 기운을 줄인 때문이다.

"회장님, 제가 나서도 되겠습니까?"

느닷없는 진혁의 말에 성환은 잠시 고개를 돌려 그를 보았다.

이미 여유를 찾은 진혁은 진지한 표정으로 성환의 시선을 받았다.

굳게 닫친 진혁의 입매를 보며 그의 각오를 본 성환은 고개를 끄덕이며 자리에서 일어났다.

"좋아. 그럼 난 차나 한잔 마시고 있을 테니, 네가 알아서 해라."

성환의 허락이 떨어지자 진혁은 자리에서 일어나 허리를 숙이며 인사를 했다.

"감사합니다."

한편 그 옆자리에 있던 용성은 진혁이 성환에게 인정을 받는 모습을 지켜보며 뭔지 모를 뿌듯함을 느꼈다.

그동안 자신과 함께 행동을 하고 또 자신이 추대를 해 두목의 자리에 오른 최진혁을 보며 뭔가 미진함을 느꼈었는데, 이젠 감히 인간인지 의심이 될 존재인 성환에게 인정을 받는 모습을 지켜보며 마치 성공한 아들을 보듯 뿌듯했다.

물론 진혁과 용성의 나이 차이는 그리 많지 않다.

그렇지만 왠지 보호를 해 줘야 할 대상으로만 생각하던 진혁의 발전하는 모습과, 이젠 어느 정도 성장한 그를 보니 자신은 이전과 다르게 조직에 관한 일만 해도 될 성 싶었다.

한편 그런 만수파의 모습을 지켜보는 백도길의 마음은 더욱 착잡해졌다.

조금 전까지만 해도 최진혁은 자신에 비해 많이 차이가 났다.

동급의 존재로 보이기 힘들 정도로 자신과 그는 차이가 있었다.

하지만 지금은 아니었다.

뭔지 모르겠지만 그의 기세가 조금 전과 전혀 달라졌다.

이제는 어리다고 함부로 했다가는 큰코다칠 것 같은 느낌이 들었다.

성환이 자리에서 일어나 반대편으로 자리를 옮겼지만, 아무도 성환에게 신경을 쓰지 않았다.

그가 자리를 떠났지만 분위기는 이미 만수파의 주도하에 놓였기 때문이었다.

"그럼 우리 다시 이야기를 이어 갈까요?"

여유 있는 진혁의 말에 모두의 시선이 꽂혔다.

성환은 떨어진 자리에서 여유롭게 차를 마시며 진혁이 백도길과 협상을 벌이는 것을 지켜보았다.

용성의 지원을 받으며 능수능란하게 협상을 주도하는 모습을 보던 성환은 곧 진혁에게서 시선을 뗐다.

더 이상 자신이 지켜볼 필요가 없었기 때문이다.

이미 자신의 생각을 알고 있는 진혁이기에 뒤에서 왈가 왈부할 필요가 없을 정도로 백도길과 협상을 벌이고 있었다.

사실 진혁이 이렇게 여유 있게 협상을 벌일 수 있던 배경에는 성환에게 인정을 받았다는 마음도 있지만, 자신이 거느린 만수파에 대한 자부심도 있었다.

성환의 도움이 있기는 했지만, 백곰파를 제압하고 조직은 빠르게 안정이 되었다.

비록 백곰파는 만수파에 흡수하진 못했지만, 아직까지는 만수파의 하부 조직 비슷하게 운용을 하고 있다.

그러면서도 아직 불협화음이 들리지 않았다.

만수파와 진원파가 통합이 될 때보다도 더 순조롭게 일이 마무리되었다.

그러니 만약 지금 협상이 잘못되어도 자신들이 더 유리하다는 생각에 협상을 주도한 것이다.

물론 그건 진혁의 생각이 맞았다.

만약 이 자리에서 협상이 결렬되면 신호남파는 만수파뿐만 아니라 백곰파에게도 공격을 받을 것이다.

그리고 백도길 이하 간부들은 성환의 방문을 받을 것이 분명했다.

진혁으로서는 그저 차려진 밥상에 앉아 수저를 들어 먹

기만 하면 되는 것이었다.

그러니 진혁에게는 이보다 쉬운 일이 없었다.

이렇게 대한민국 서울의 밤을 장악한 세력들의 세력도가 급격하게 변하고 있었다.

하지만 이런 사실을 알고 있는 이들은 별로 없었다.

◈　　◈　　◈

대범파 보스인 김대범은 오랜만에 걸려 온 전화에 긴장을 했다.

"예, 예, 알겠습니다. 형님!"

전화를 건 사람은 지금의 대범파를 만들기 전 그가 속해 있던 조직의 두목이었다.

하지만 그는 자신에게 조직을 물려주고 다른 길로 들어섰다.

물론 가끔 그에게서 일거리를 받으며 돈을 벌기도 했다.

하지만 그것도 어느 정도 시일이 지나자 조금씩 소원해졌다.

그건 그가 재계의 손가락에 꼽히는 대기업에 스카웃이 되었기 때문이다.

조폭 두목이 대기업에 들어가기란 사실 불가능한 일이다.

그렇지만 어떻게 된 일인지 어느 날 갑자기 조직을 자신에게 물려주고 그는 그렇게 자신들의 곁을 떠나갔다.

아무튼 강력한 카리스마로 한때 서울의 밤을 좌지우지했던 형님이 느닷없이 연락을 한 것이다.

비록 자신도 예전 그의 밑에 있을 때와 형편이 많이 달라졌다고 하지만, 그래도 머릿속에 기억된 그의 카리스마는 지금까지 극복하지 못해 전화상 목소리만 듣고도 오금이 저렸다.

그런데 특이한 의뢰를 해 온 것에 고개를 갸웃거리면서도 입가엔 미소가 절로 걸렸다.

잠잠하던 이 세계에 재미있는 일이 벌어지려고 하고 있기 때문이다.

그건 방금 전 전화를 건 예전 자신이 모시던 형님이 알아보라고 한 사람에 관해 문의한 사람이 있었기 때문이다.

물론 자신에게 직접적인 의뢰가 들어온 것은 아니고, 자신의 조직에서 운영하는 흥신소에 의뢰가 들어왔기에 알아본 것이었다.

현역 의원이 예비역 대령에 관해 알아보는 것이 너무도 이상해서였다.

처음에는 별 관심도 두지 않았지만, 이상한 강남에 위치한 만수파와 연관이 있다는 것이 밝혀지면서 관심을 가지게 되었다.

예비역 대령과 조폭이란 조금은 이상한 관계에, 거기다

현역 국회의원이 의뢰한 사건이라고 생각하니 자신의 촉을 자극하는 돈 냄새가 물씬 풍겼다.

물론 돈 냄새와 함께 위험한 느낌도 들긴 했지만, 아무튼 국회의원이 원하는 정보를 조사해 넘겨주긴 했었다.

그런데 방금 전 비슷한 의뢰가 들어오게 되자 김대범은 살며시 미소를 지었다.

"역시나 그 건은 내게 돈을 안겨 주는 일이었어."

이번 의뢰는 그저 조사만 하는 것이 아닌 그자를 데려오라는 것이었다.

말이 데려오라는 것이지 어느 정도 손을 본 다음 끌고 오라는 말과 같았다.

대범은 자신의 사무실에서 나갔다.

복도 밖에는 자신의 부하들이 대기를 하고 있었다.

대범은 복도에 대고 소리쳤다.

"영훈이 좀 오라고 해라!"

"알겠습니다, 형님!"

"이 새끼야! 아직도 못 고쳤어? 내가 그렇게 부르지 말라고 했지!"

"죄송합니다, 사장님! 시정하겠습니다."

"그래, 듣기 좋잖아! 조심해라!"

"알겠습니다."

"그래, 얼른 다녀와라!"

"예."

대범은 그냥 자신의 전화로 하면 될 일을 이렇게 복도에 있는 부하에게 시켰다.

조직의 효율적 운용이나 이런 것을 전혀 고려하지 않고, 그저 자신의 존재를 과시하기 위해 그런 행동을 보이는 것이다.

이런 것을 보면 조폭이라는 것은 시대가 변해도 발전이 없었다.

조금 있으니 자신이 부른 영훈이 왔다.

대범파 내에서도 어느 정도 머리를 쓸 줄 아는 자였다.

그래서 이런 일을 시킬 때면 김대범이 자주 찾곤 했다.

"사장님, 부르셨습니까?"

"그래, 네가 처리해 줄 것이 있어 불렀다."

"무슨 일입니까?"

"다른 것이 아니라, 전에 일구가 가져왔던 의뢰 있지 않냐?"

"일구? 아! 그 특이한 이력의 군인 아저씨 말입니까?"

"그래, 그놈. 그놈을 손 좀 봐서 서양건설 김 전무님께 보내라."

"형님, 그런데 그놈 손보려면 애들이 좀 많이 필요할 것 같습니다."

대범은 한참 이야기를 하고 의뢰를 알려 주었는데, 갑자기 애들이 많이 필요하다는 말에 고개를 갸웃거렸다.

"네 애들만으로 충분하지 않나?"

"그것이…… 그렇지 않습니다."

영훈의 이야기를 듣다 보니 좀 이상해 다시 물었다.

대범이 알기로는 비록 특전사 출신이라고 하지만, 영훈이 데리고 있는 애들이라면 충분히 일을 맡길 수 있다 생각했는데, 영훈이 사람이 부족하다는 말을 한 것이 너무도 이상했다.

지금까지 비슷한 일을 할 때도 전혀 이런 약한 모습을 보이지 않았는데, 영훈의 이런 요구는 처음이라 대범도 눈이 동그래졌다.

그래서 궁금해 물었다.

"뭐?"

"형님, 작년 9월인가? 10월인가? 만수파에 행동 대장 하나가 부하들과 군인 하나 습격했다가 떡이 된 일이 있지 않습니까?"

영훈이 뭔가 이야기를 하는데, 그게 어떤 사건인지 잠시 생각을 하다 기억이 났다.

자신이 알기로 만수파의 김일권이라면 꽤 싹수가 있는 놈으로 기억하고 있었다.

지금 자신의 앞에 있는 영훈과 비교되는 인물로 많이 거론되던 놈이었다.

다만 영훈보다 머리가 나빠 결국엔 쓰다 버릴 패 정도로 평가를 내리긴 했지만, 어찌 되었든 만수파의 김일권 하면 이 세계에서 이름 좀 날리던 놈이었다.

"그래, 김일권이. 생각난다. 그런데 그 일이 이 일과 무슨 상관이냐?"

"그때 그 군인이 바로 형님이 말한 그놈입니다."

"그래? 음……."

대범은 자신에게 의뢰가 들어온 자가 조금 위험한 자라는 것을 깨닫자 고민이 되었다.

그렇다고 이번 의뢰를 하지 않을 수도 없었다.

한때 자신이 모시던 형님이 한 의뢰라 거절할 수도 없었다.

더욱이 그 사람은 서양그룹과 연관이 있는 사람이었다.

만약 자신이 그 일을 거절하면 또 다른 곳에 같은 의뢰를 할 것이다.

그리고 자신은 의뢰를 거절한 대가를 치를 것이 빤했다.

사실 말이 의뢰지 강요나 마찬가지다.

자신의 조직과 연관이 없는 이지만, 그렇다고 마냥 무시할 수 있는 사람도 아니다.

그가 비록 지금은 이 세계를 떠났다고 하지만, 아직도 그 사람의 영향력은 아직도 곳곳에 남아 있기 때문이었다.

한참을 고민하던 대범은 영훈에게 다른 이들도 데려가라

는 말을 했다.

"그럼 근배도 함께 데려가라."

영훈은 두목인 대범이 말을 하자 눈을 동그랗게 떴다.

근배는 자신과 비슷한 시기에 조직에 들어온 자로 같은 급의 중간 간부였다.

자신처럼 동생들 몇을 데리고 자신처럼 조직을 운영하고 있다.

이 말인즉 자신의 조직과, 근배의 조직 둘이서 그자를 잡아 오란 말이었다.

한 조직으로 안 되면 2개의 조직으로 처리하면 되는 일이니 어쩌면 대범의 지시는 당연한 것이었다.

하지만 영훈은 대범이 보지 못하게 인상을 구겼다.

그도 그럴 수밖에 없는 것이 이번 일의 주체는 자신이다.

처음 대범이 부른 것이 자신이기 때문이다.

그런데 중간에 자신과 동급인 근배와 함께하게 되면 자신에게 떨어지는 몫이 줄어든다.

자신보다 급이 낮은 애들과 함께라면 자신의 몫이 그리 줄어들지 않겠지만, 근배는 달랐다.

더욱이 근배의 욕심은 말도 못한다.

그·때문에 대범이 그와 함께 가서 일을 처리하라고 했지만 그리 기분이 좋지는 않았다.

물론 근배가 실력은 있어 일은 편하겠지만, 일이 끝난 다음 분배 문제로 한바탕할 것을 생각하면 벌써부터 머리가 아파 왔다.

하지만 그렇다고 못한다고 할 수도 없으니 일단 고개를 끄덕였다.

"알겠습니다. 그런데 사장님……."

"그래, 무슨 더 할 말이 있나?"

더 할 말이 있냐는 대범에게 영훈은 근배에 관한 말을 하지 않을 수 없었다.

"사장님도 근배에 관해 소문은 들으셨을 것이라 생각합니다. 요즘 조직 내에 근배 때문에 말들이 많습니다."

영훈의 이야기를 듣고 있던 대범은 절로 인상이 찌푸려졌다.

영훈이 사람이 더 필요하다 해서 실력 있는 놈을 골라 붙여 준다는 생각에 근배를 붙여 준 것인데, 이제야 근배에 관한 소문이 생각났다.

참으로 대책이 없는 놈이다.

건달이란 놈이 좀스러워 같은 조직원을 상대로 양아치 짓을 서슴지 않는다는 말을 그의 귀에 들어오기 때문이다.

그리고 영훈이 왜 지금 이 말을 꺼냈는지 대범도 확실히 알 수 있었다.

'쯧, 새끼. 어련히 내 알아서 챙겨 줄걸.'

영훈의 속셈을 깨달은 대범은 속으로 혀를 찼다.

물론 영훈이 이 말을 꺼내지 않았다면 아마도 대범은 그냥 평소처럼 넘겼을 것이지만, 그런 것은 싹 잊고 영훈을 욕했다.

"알았다. 그건 내가 근배에게 말해 놓겠다."

"알겠습니다. 그럼 전 이만 나가 보겠습니다."

영훈은 대범의 약조를 받고 인사를 하고 사무실에서 나왔다.

영훈이 나가고 나자 대범은 요즘 들어 쓸 만한 놈들이 없다는 생각을 하게 되었다.

일을 시키려면 이윤을 먼저 찾는 것들이라 참으로 옛날이 그리웠다.

하지만 그는 아직 깨닫지 못하고 있었다.

자신이 가장 먼저 그런 행동을 보였기에 밑에 동생들이 그런 행동을 한다는 것을 말이다.

◈　　◈　　◈

소문이 퍼지기 시작했다.

만수파가 강남의 강자인 진원파를 흡수한 지 얼마 되지 않아 벌써 송파의 신호남파까지 꺾었다는 내용이 서울 암흑가에 쫙 퍼졌다.

어디에서부터 시작된 소문인진 모르겠지만 아무튼 그 소

문 때문에 조폭들은 물론이고, 이들을 잡아야 할 검찰이나 경찰에서도 소문의 진상을 파악하기 위해 동분서주했다.

하지만 어떻게 된 일인지 소문의 주인공은 얼마 전까지만 해도 소란을 피우더니 이젠 언제 그랬냐는 듯 조용해졌다.

소문의 주인공이 너무도 조용해서 그런지 시간이 지나면서 이를 대하는 반응들은 대개 두 가지로 갈라졌다.

하나는 소문이 거짓이라 생각하는 부류이고, 또 하나는 소문은 사실이지만 이를 은폐하기 위해 숨을 죽이는 것이란 것이었다.

그리고 소문이 거짓이라 생각하는 부류는 만수파와 한강을 두고 경계를 하고 있는 조직들이었다.

그들은 최진혁이 만수파 2대 두목으로 취임하면서 그 내실에 대하여 정보를 알고 있었다. 그렇기에 만수파에게는 그럴 힘이 없다는 생각에 그런 판단을 내렸다.

물론 그들은 자신들이 만수파의 정보를 취득한 뒤에 성환이 만수파에 힘을 실어 주었다는 것을 모르고 있어 그런 판단을 내렸다.

그리고 만수파가 힘을 숨기기 위해 조용한 것이라 생각하는 이는 다름 아닌 김한수와 김병두, 두 부자였다.

즉 만수파를 알고 있는 이들은 소문을 거짓이라 생각하고, 성환과 만수파의 관계를 알고 있는 이는 소문을 사실로 받아들이는 것이다.

소문은 김한수 부자가 생각하는 것이 맞긴 하나, 그들은 당분간 성환과 관계하지 않겠다는 협상을 했기에 이런 사실이 외부에 알려지기까지는 한참이 걸리겠지만 사실 그것은 시간문제였다.

성환은 일부러 소문을 부추기고 있었기 때문이다.

사실이 알려지든, 아니면 다른 사람들이 거짓이라 알려지든 상관이 없었다.

하루라도 빨리 서울의 조직들을 정리할 생각이기 때문이다.

자신이 언제까지 이 일만 붙들고 늘어질 수는 없었다.

솔직히 요즘 들어 굳이 자신이 이 일을 해야 할까? 라는 생각이 들고 있기 때문이다.

하지만 이미 세창과 약속한 것이 있고, 또 최진혁과 김용성들을 끌어들일 때, 했던 약속이 있기 때문에 계속해서 진행을 하는 것이다.

그리고 이번 신호남파와 협상을 하는 과정에서 조폭들이 가진 기질을 확실히 알게 되었다.

만수파나 진원파에서는 볼 수 없었던 새로운 기운을 그들에게서 보았다.

그건 바로 살육자의 기운.

그리고 그에 관해 알아보는 과정에서 성환은 정말로 누

나의 죽음 이후 다시금 살인의 충동을 느꼈다.

사실 최만수나 박원춘과 같은 이들은 누나의 죽음에 직접적으로 연관이 있는 이들이라 그들을 찾아가 죽인 것이다.

하지만 신호남파 내부를 살필 때는 사실 그들과 성환은 직접적으로 연관은 없었다.

그들은 조폭이니 많은 범죄를 저질렀을 것을 이미 알고 있었다.

그리고 자신이 지금 벌이고 있는 일도 사실 불법이란 것도 알고 있었다.

하지만 솔직히 이건 아니었다.

사람이 자신의 이익을 위해 범죄를 저지를 수 있다.

도둑질을 할 수도 있고, 사람들을 겁박해 돈을 강탈할 수도 있다.

하지만 이건 아니었다.

돈을 목적으로 사기를 치고, 사람을 납치하고 장기 밀매를 하는 등 인간 사회 구성의 근간을 흔드는 범죄를 조성하는 것은 아니라 생각했다.

그런 사실을 알았을 때, 성환은 신호남파 조직원 모두를 죽이고 싶다는 생각을 했다.

하지만 그럴 수가 없었다.

그들이 아무리 죽을죄를 지었다고 해서 막무가내로 그들

을 죽이다가는 자신이 사람을 죽이는 것에 아무런 거부감을 느끼지 않는 살인 기계가 될 것 같은 느낌을 받았기 때문이다.

그 때문에 억지로 참았다.

그런 것도 모르고 신호남파의 깡패들은 자신들이 만수파에 눌려 항복 문서에 조인을 한 것에 이를 갈았다.

비록 지금은 주시하는 시선이 많아 중간에 싸움을 멈추긴 했지만, 이는 찻잔 속의 평화였다.

◈　　◈　　◈

지금 신호남파의 2인자인 문창식은 동대문의 한 술집에 와 있었다.

그가 자신이 속한 조직이 아닌 동대문에 온 것은 속에서 끓어오르는 화를 풀기 위해서였다.

며칠 전 만수파와 협상을 한 뒤로는 이전의 조직이 아니었다.

이미 내부적으로 조직은 와해된 것이나 마찬가지였다.

만수파와 전쟁을 계속하지 않으려면 기존에 하던 사업 중 많은 부분을 접어야 했다.

그런데 그런 사업이 사실상 조직의 수입원의 대부분을 차지하고 있어 밑의 조직들이 받아들이기 무척이나 힘든 일이었다.

하지만 그것을 받아들이지 않을 시 조직이 와해되는 것은 보지 않아도 빤했다.

그날 보았던 만수파의 회장이란 자의 무력은 감히 자신들은 판단을 내릴 수가 없었다.

그렇기에 협상안을 받아들이지 않을 수가 없었다.

창식은 그래서 고육지책으로 일단 협상을 받아들이고 후일을 도모하기로 했다.

물론 두목인 백도길은 자신의 제안을 받아들이지 않았다.

무엇에 홀렸는지 정신이 반쯤 나가 있는 백도길을 보며 문창식은 그의 시대는 끝났다는 생각이 들어 이렇게 혼자 동대문파의 구역에 들어와 있는 것이다.

자신이 판단하기에 그 만수파의 회장이라는 자는 결코 자신들과 공존할 수 없다는 생각이 들었다.

그건 그날 자신들을 쳐다보던 그자의 눈빛을 보며 깨달았다.

무엇 때문인지 그의 눈빛에서 자신들을 같은 인간으로 보지 않고 무슨 개나 돼지처럼 짐승을 쳐다보는 듯한 느낌을 받았다.

비록 자신들이 힘이 약해 협상 테이블로 나오긴 했지만, 그런 시선을 받는다는 것은 자존심 문제였다.

천하의 신호남파가 다른 사람에게 그런 시선을 받는다는

것은 창식에게 죽기보다 싫은 문제였다.

기분 같아서는 그날 자리를 박차고 나가고 싶었지만, 무엇 때문인지 그날은 몸이 정상이 아니었다.

문창식은 그날만 생각하면 왜 그랬는지 알 수가 없었지만, 자신이 죽을 때까지 그날의 느낌은 두 번 다시 겪고 싶지 않았다.

"어이! 문수 형님은 언제 도착하신다고 하던?"

창식은 문 앞에 있는 이에게 문수라는 사람의 행방을 물었다.

"문수 형님은 곧 도착하실 것입니다. 창식 형님이 오셨다는 연락을 받으시고 미리내에서 출발하셨다고 연락받았습니다."

사내의 말에 창식은 자신의 앞 테이블에 놓인 잔을 들어 술을 마셨다.

약속 시간이 다 되어 가는데도 아직 도착하지 않은 동대문파의 두목인 김문수를 초조하게 기다리며 자신의 마음을 다스리기 위해 이렇게 술을 마시는 중이다.

창식과 김문수는 어릴 때 같은 동네에 살던 사이였다.

그러다 김문수의 집이 서울로 이사를 가며 헤어졌다가 몇 년 전 우연히 지나다 다시 만나게 되었다.

두 사람은 뒤로 몇 번 함께 술을 마시기도 하고, 조직에 관한 이야기도 하며 잘 지내 왔다.

비록 조직이 한강을 경계로 나뉘어 있긴 하지만 두 조직이 경쟁을 하는 조직이 아니기에 잘 지낼 수 있었다.

아무튼 현재 자신의 처지가 괴로운 창식은 전에 두목인 백도길에게 동대문파와 손을 잡고 만수파에 대항을 하는 것을 제안했을 때도 이런 점을 생각해 말을 꺼냈었다.

하지만 당시 백도길은 문창식의 제안을 거절했다.

그건 동대문파가 자신이 두목으로 있는 신호남파보다 역사적으로나 자금 운영 능력 등으로 보나 큰 조직이었다.

더욱이 동대문파는 자신들은 저리가라 할 정도로 집요한 구석이 있는 조직이었다.

또 동맹을 했다고 해서 안심을 해선 안 되는 조직이었다.

중국의 삼합회와도 연관이 있는 조직이란 것을 알고 있는 백도길은 괜히 위험한 파트너를 둘 필요를 느끼지 못했던 것이다.

아니, 조금 버겁기는 했지만 만수파의 두목이 최진혁이란 것을 알고 있으니, 무슨 수로 백곰 우형준을 끝장냈는지 모르지만 만수파와는 해볼 만하다고 판단해 문창식의 제안을 거절했다.

그런데 만수파의 뒤에 성환을 있을 것이라고는 생각도 못했을 것이다.

그것은 문창식 또한 마찬가지였다.

문창식은 그날 성환의 모습을 보고 가장 놀란 사람 중 한 명이었다.

그날 협상 테이블에서 창식이 본 것은 사람이 아닌 맹수였다.

그냥 동물원 우리 안에 있는 사육되는 맹수가 아닌 야생의 포식자였다.

사냥을 좋아해 태국에 가 몰래 사냥을 한 적이 있었다.

그때 창식은 정글에 들어갔다가 죽다 살아났다.

수풀에 숨어 있는 호랑이를 발견하지 못하고 지나치다 하마터면 죽을 뻔했다.

다행히 코끼리 위에 타고 있고, 또 다년간 현장에서 칼밥을 먹던 가락이 있어 호랑이의 앞발 공격을 가까스로 피해 위기를 극복할 수 있었다.

그때 잠시 잠깐 마주한 호랑이의 눈에서 피어나던 살기는 창식이 그동안 한 번도 경험하지 못했던 것이었다.

원초적 먹이를 노리는 포식자의 살기를 현대인이 그냥 몸으로 쏘이게 된다면 정신을 차리기 힘들다.

흔히 혼이 나간다고 했던가? 다행이라면 창식은 그래도 보통 사람과 다른 정신 세계를 가지고 있었다.

그러니 맹수 사냥을 하러 태국까지 왔겠지만 말이다.

아무튼 그날 야생 호랑이에게서 죽다 살아난 창식은 협상 테이블에 나온 성환에게서 그 야생 호랑이가 쏘아 내는 살기를 다시 한 번 경험하게 되었다.

아니, 야생 호랑이의 살기는 비교조차 되지 않을 정도의 오금이 저려 꼼작 못할 그런 엄청난 기운을 느꼈다.

그래서 아무리 화는 나지만 혼자 그것을 감당하긴 힘들다는 판단에 김문수를 찾아온 것이다.

"하하하, 창식아 오래 기다렸지? 차가 워낙 막혀야지."

아닌 게 아니라 지금 이 시간의 동대문은 무척이나 막힐 때였다.

복잡한 차선과 밀집되어 있는 쇼핑몰 때문에 교통 정체가 무척이나 심한 시간이다.

특히나 문수가 출발했다는 미리내는 동대문에서도 가장 유명한 쇼핑몰이다.

그리고 그곳 주차장 운영권을 동대문파에서 운영하고 있었다.

아니, 인근의 거의 모든 대형 쇼핑몰 주차장의 운영권을 가지고 있는 것이 동대문파였다.

아무튼 그런 것을 차치하고 부탁을 하러 온 처지인 창식이 김문수가 늦은 것에 대해 뭐라 말을 할 처지는 아니었다.

"압니다. 그나저나 제 기분이 좀 심난해서 형님 오시기 전에 한잔했습니다."

문수의 말에 창식은 얼른 자세를 낮추며 말을 꺼냈다.

그런 문수의 말에 창식이 얼른 대답을 했다.

"누가 우리 동생의 기분을 그리 만들었을까? 혹시 백 사장이 널 괄시 하냐?"

김문수는 슬쩍 신호남파의 내부 사정에 관해 찔러 보았다.

혹시나 조직의 두목과 부두목이 서로 반목하는 것은 아닌지 운을 띄운 것이다.

하지만 연이어 들려온 창식의 말은 문수의 기대완 전혀 다른 말이었다.

"그건 아닙니다. 다만 저희 조직이 만수파에 항복한 것이 열 받아서……."

자신의 기대완 다른 대답이지만 새로운 정보에 문수는 눈이 커졌다.

"뭐? 아니 너희 조직이 겨우 만수파에 무릎 꿇었다고?"

문수는 다시 한 번 창식의 자존심을 긁으며 말을 했다.

분명 항복이란 말을 했지 무릎을 꿇었다는 말을 한 것은 아니었다.

비슷하게 들리지만, '아' 다르고 '어' 다르다는 말이 있다.

그런데도 문수는 창식의 자존심을 건드려 보다 많은 이야기를 듣기 위해 일부러 그런 자존심 상하는 단어를 구사했다.

그런 것도 모르고 창식은 김문수의 의도대로 신호남파와 만수파의 협상에 관한 내용을 그대로 들려주었다.

모든 이야기를 들은 뭔가 꾸미기 시작했다.

사실 그동안 너무도 변화가 없었다.

오랜 평화로 인해 밤의 세계도 정체가 되어 썩어 가고 있었다.

조직을 위해 몸 받치던 건달의 낭만은 사라지고, 야비한 양아치들만 남아서 건달입네 하며 어깨에 힘을 주고 다녔다.

그런 놈들을 이 바닥에서 싹 쓸어버려야 할 존재들이었다.

그러기 위해선 하루라도 빨리 자신이 힘을 가져야 한다.

이런 생각을 가지고 있는 김문수는 문창식을 상대로 술대작을 하며 은밀하게 운을 떼기 시작했다.

"네가 날 찾은 것이 뭔가 하고 싶은 말이 있는 것 같은데…… 내가 한 번 맞춰 볼까?"

"……?"

"혹시 나하고 손을 잡고 만수파를 어떻게 해 보자는 말이냐?"

"……그런 것도 있고, 지금 있는 조직도 예전만 못한 것 같아 쇄신을 해야 할 필요성도 있고요."

창식이 말을 얼버무리긴 했지만 김문수가 듣기에는 이번 만수파와 협상을 벌이는 과정에서 두목인 백도길이 만수파에 약세를 보인 것 때문에 불만이 많은 듯했다.

그런 창식의 기분도 풀어 주고 또 어찌 보면 자신의 조직에 나쁠 것도 없는 제안이었다.

잘하면 창식이 있는 신호남파의 상당수를 자신이 힘 안 들이고 잡아먹을 수도 있을 것 같았다.

　물론 창식이 말하는 만수파의 회장이란 자가 조금 신경 쓰이기는 하지만, 어차피 다구리에 장사 없는 법이다.

　설마 자신의 조직과 창식을 따르는 신호남파의 무식한 놈들이 기습을 한다면 충분히 그자를 치워 버릴 수 있을 것 이란 생각을 하며 술잔을 기울였다.

7.
진흙탕 싸움

짹짹짹!

아침을 알리는 산새의 소리는 서울에서는 듣기 힘든 소리가 되었지만 산이 있는 곳에서는 가끔 들을 수 있었다.

"으음!"

기지개를 켜고 침대에서 일어났다.

아직 이른 시간이지만 아무리 피곤해서 습관이란 무서운 것이다.

잠에서 깬 성환은 가장 먼저 냉장고로 향했다.

차가운 냉수를 한 컵 따라 마신 오늘은 왠지 기분이 좋았다.

그냥 아무른 이유도 없이 기분이 좋았다.

물을 마시며 가볍게 목을 한차례 돌리며 밤새 굳었을 목 근육을 풀어 주었다.

다른 사람들보다 하루를 일찍 시작하는 성환, 그는 물을 마시고 간단하게 세면을 한 다음 트레이닝복으로 갈아입은 후 산에 오르기 시작했다.

하지만 싱그러운 아침의 좋았던 기분이 사라지기까지는 그리 오랜 시간이 걸리지 않았다.

아침 수련을 하기 위해 집을 나서는 순간 불쾌한 기운이 풍기기 시작했다.

온몸으로 느껴지는 피부를 가르는 감시자의 눈길은 성환의 기분을 망치는 원인이 되었다.

간만에 느껴 보는 상쾌한 기분은 이렇게 감시자의 눈길 속에 성환을 다시금 현실로 들어서게 만들었다.

'이번엔 또 누구야?'

정보사의 감시는 이미 사라진 지 오래다.

그레고리의 일도 있고 해서, 성환은 세창을 만나 경고를 했다.

자신을 믿고 프로젝트를 진행하기로 했으면 완전히 믿으라고 말이다.

그렇지 않고 감시를 할 것이라면 자신은 프로젝트에서 손을 떼겠다는 강경한 말을 하였다.

그 때문에 세창과 잠시 대립을 하긴 했지만, 세창도 어쩔 수 없이 성환의 조건을 받아들일 수밖에 없었다.

그리고 자신이 찾지 못한 암살 의뢰자와 그 배후에 대해 세창에게 의뢰를 하였다.

물론 그 때문에 세창의 부탁 아닌 부탁을 들어줘야 했지만, 어차피 그건 성환도 생각하고 있던 것이기에 세창의 조건을 받아들였다.

세창이 성환에게 건 조건은 나중 필요한 때, 특수경호팀, 그러니까 예전 S1팀을 이용할 수 있게 해 달라는 것이다.

그렇다고 성환이 전적으로 세창의 조건을 수락한 것만은 아니었다.

특수경호팀을 이용할 때는 그만한 대가를 지불해야만 한다는 조건이었다.

이미 특수경호팀은 군을 떠나 개인 기업에 즉 성환이 설립한 경호 회사에 입사를 한 상태이기 때문에 그에 대한 대가를 지불해야만 그들을 이용할 수 있게 되었다.

한마디로 용병이 되어 군을 대신해 작전에 투입이 되는 것이다.

그러기 위해서는 그들이 필요한 장비를 구입해야만 하지만 그건 대한민국의 특수성 때문에 총기류와 실탄과 같은 화기에 대한 규제를 피하기 위해 특수 면허를 취득해야만 했다.

이런 복잡한 계약을 끝내고 정보사에서는 성환에 대한

감시를 뗐다.

대신 성환이 일주일에 한 번씩 그동안 자신의 활동에 대해 보고하기로 했다.

어차피 그런 것이야 아무런 상관이 없었다.

누가 자신을 감시하는 것과 그렇지 않은 것의 차이는 분명 크다.

아무튼 자신을 감시하던 자들을 떼 놓았었는데, 또다시 자신에게 감시자가 생겼다.

자신의 자유를 억제하려는 것에 심히 불쾌해진 성환은 이번엔 또 누구인지 알아보기 위해 움직였다.

수련을 위해 오르던 산길을 크게 돌아 자신의 집을 감시하던 이들의 뒤로 돌아갔다.

아직 이른 시간이라 산에 오르는 사람이 없어 내공을 이용해 빠르게 달려 감시자들이 있는 곳 뒤편으로 접근을 했기에 아무도 자신이 뒤에 서 있는 것을 느끼지 못하고 있었다.

◈　　◈　　◈

"야, 어떻게 됐어?"

"시발! 뭐가 그리 빠르냐! 놓쳤다."

"뭐? 그걸 놓치면 어떻게 해?"

"난들 놓치고 싶어 놓쳤냐? 무슨 다람쥐 새끼도 아니고 산에서 휭 하니 달려가 버리는데 나보고 어쩌라고!"

병수와 용구는 성환을 감시하다 성환이 산으로 급히 뛰어 올라가는 것을 따라가지 못하고 놓쳐 버렸다.

그 때문에 이렇게 서로 다투고 있었다.

"시발! 그나저나 형님껜 뭐라고 하냐."

"그러게…… 젠장!"

두 사람은 자신들에게 성환을 감시하라고 했던 영훈의 지시를 제대로 이행하지 못했다는 것 때문에 불안해졌다.

분명 영훈은 중요한 인물이니 잘 감시하라고 했었다.

하지만 겨우 감시쯤이야! 라는 생각에 별거 아닌 일이라 생각하고 일에 임했다.

그런데 겨우 첫날 이렇게 너무도 쉽게 감시자를 놓친 것에 일이 잘못되었다는 것을 깨닫기까지 그리 오래 걸리지 않았다.

"그런데 계속 이렇게 있어야 하냐?"

"그럼 어떻게 해! 돌아올 때까지 기다리고 있어야지."

"젠장! 그저 감시만 하라고 해서 쉬울 줄 알았더니 좆 됐다."

"그러게 말이다. 이 일이 알려지면 다른 놈들이 졸라 놀려 댈 텐데."

"하! 진짜로 젠장이다, 아오!"

두 사람은 계속해서 성환을 놓친 것에 대하여 투덜거리며 조직에 돌아가서 보고할 것을 걱정하고 있었다.

한편 이들의 뒤쪽에서 자신을 감시하던 이들의 정체를 파악하기 위해 지켜보던 성환은 이들이 하는 이야기를 듣고 이들이 쓰는 말투에서 이들의 정체를 유추할 수 있었다.

'흠, 이놈들은 말하는 것을 보니 조폭이 분명하군.'

저속한 비속어를 말하는 것으로 봐서 이들이 일반인이나 아니면 정보 관련 계통에서 교육을 받은 이들이 아니라, 그저 누군가의 지시를 받고 자신을 감시하기 위해 나온 깡패란 것을 금방 알 수 있었다.

성환이 살펴보니 이들은 그저 골목에 숨어 자신을 눈으로 감시하고 있었을 따름이었다.

전문가였다면 더욱 먼 거리에서 첨단 감시 장비를 이용해 자신을 관찰했을 것인데, 이들은 그러지 않았다.

이들이 깡패라는 것은 알겠는데, 누가 자신을 감시하라고 했다는 것에서 의아한 생각이 들었다.

자신을 알고 있는 깡패들이 있다는 것에서 조금 의문이 든 것이다.

만수파나 백곰파, 그리고 얼마 전 제압한 신호남파에서 감히 자신을 감시하려고 할 이들이 없었기 때문이다.

물론 신호남파는 아직 자신에 대해 정확하게 파악을 하지 못했으니 어쩌면 그들일 수도 있었다.

하지만 그들이라고 보기엔 너무도 긴장감이 없었다.

그날 협상 테이블에서 자신이 보였던 능력만 생각해도 저들처럼 긴장감 없이 감시하지는 않았을 것이기 때문이다.

이런저런 가능성을 재 보았지만 뚜렷하게 떠오르는 용의자가 나오지 않자 성환은 좀 더 지켜보기로 했다.

괜히 급하게 알아보려고 했다가 놓칠 수도 있기 때문이었다.

일단 자신을 감시하는 이들이 깡패라는 것만 파악한 성환은 진성에게 연락을 하였다.

"여보세요. 뒷조사를 좀 할 이들이 생겨서 전화를 했다."

성환은 진성에게 전화를 해 자신을 감시하고 있는 이들에 대하여 역으로 조사할 것을 진성에게 의뢰를 했다.

이미 그가 자신과 정보 사령부 사이에서 연락책으로 활동하는 것을 알고 있으니 이렇게 자신의 필요에 의해 이런 의뢰도 가능했다.

물론 진성이 정보 사령부와 관련이 없다고 해도, 작년 조카의 일로 의뢰를 했을 때, 보여 준 능력이라면 충분히 의뢰를 맡겼을 것이지만 말이다.

그만큼 진성은 성환에게 신뢰를 보여 주었다.

그래서 이번에도 다른 사람이 아닌 진성에게 이번 일을 맡겼다.

아마도 며칠 지나지 않아 저들이 누구이고, 또 무엇 때문에 자신을 감시하고 있는 것인지 알려 줄 것이다.

진성과 통화를 마친 성환은 다시 왔던 길을 돌아가, 못한 수련을 하러 갔다.

평소보다 10여 분을 허비하긴 했지만, 자신을 감시하던 자들의 얼굴을 확인했으니 충분히 헛걸음은 아니었다.

◆　　◆　　◆

"그러니까 너무 빨라 놓쳤다는 말이냐?"

"예, 예!"

딱!

영훈은 보스인 대범으로부터 받은 지시로 성환을 손을 봐 줘야만 했다.

하지만 무턱대고 찾아가는 것은 뭔가 꺼림칙한 느낌이 들어 일단 그자에 관해 자세히 알아보기로 하고 감시를 붙였다.

그런데 감시를 보낸 놈들이 멍청하게 눈앞에서 그자를 놓쳤다는 보고를 하고 있었다.

이에 화가 난 영훈은 담배를 피기 위해 불을 붙이던 라이터를 던져 버리고 말았다.

영훈이 던진 라이터는 재수 없게도 보고를 하던 병수의 이마에 부딪혔다.

딱딱한 금속질의 지포라이터에 이마를 가격당한 병수의 이마에서 피가 배어 나왔다.

하지만 충격에 정신이 몽롱해졌지만, 이 순간 정신을 놓을 수는 없었기에 병수는 안간힘을 썼다.

그러거나 말거나 영훈은 자신의 지시를 재대로 이행하지 못한 병수와 용구를 폭행하기 시작했다.

퍽! 퍽!

"이 새끼들아! 그런 간단한 것도 하나 못하냐? 내가 그 놈을 잡아오라고 했어? 아니면 뭐하는 놈인지 알아 오라고 했어? 그냥 그놈이 하루에 뭐하는지 감시를 하다, 보고만 하라고 했지!"

말을 하면서 두 사람을 폭행하기 시작했는데, 영훈이 하는 폭행이 점점 흉폭 해지기 시작했다.

그건 말을 하면서 두 사람을 폭행을 하는데, 하면 할수록 점점 화가 났던 것이다.

자신이 시킨 일은 너무도 쉬워, 세 살 먹은 아이도 할 수 있는 일이다.

그냥 지켜보다가 뭘 하는지 보고만 하면 끝나는 일이다.

그런데 그런 간단한 것도 하지 못하고 놓쳤다는 어이없는 보고를 하고 있으니 화가 나지 않을 수가 없었다.

이렇게 한참을 폭행하고 두 사람이 쓰러져 신음을 흘리자 그제야 화가 조금 풀린 영훈은 뒤에 대기하고 있던 다른 부하들에게 두 사람을 데려가 치료를 해 주라는 말을 하였다.

"세훈이 오라고 해!"

부하들이 병수와 용구를 데리고 나가 자리가 정리되자, 영훈은 다른 부하를 시켜 이세훈을 불러 오라는 지시를 내렸다.

이세훈은 영훈이 데리고 있는 부하들 중 그나마 머리가 돌아가는 자였다.

자신의 오른팔격인 세훈이라면 자신의 지시를 잘 이행할 것이란 생각에 그를 불렀다.

솔직히 그를 이런 하찮은 일에 쓰기엔 아까운 인재이지만, 자신이 형님으로 모시고 있는 대범이 지시한 일이 더 중요하기 때문에 세훈에게 그 일을 맡기기로 했다.

잠시 뒤 세훈이 들어왔다.

"형님, 부르셨습니까?"

"그래, 네가 좀 해 줘야 할 일이 생겼다."

"그게 무엇입니까?"

"그리 어려운 일은 아니고, 어떤 자를 감시 좀 해야겠다."

"아니, 형님. 그런 일은 애들에게 시켜도 될 일인데……."

자신의 직급에 맞지 않는 일을 지시하는 영훈에게 볼멘소리를 해 보는 세훈이었다.

"그건 아는데, 밑에 똘똘한 놈이 없어 어쩔 수 없이 네게 부탁하마."

"아니…… 그런 일도 못하는 놈이 조직에 있단 말입니까?"

"그래, 그런데 감시할 놈이 보통 놈이 아닌 것 같다. 병수하고 용구를 붙였는데, 놓쳤다고 한다."

"그게 말이 되는 소립니까? 어떻게 두 놈이 한 놈을 놓칠 수가 있습니까?"

"그러니 내가 답답해 널 부른 것 아니냐."

영훈은 그래도 세훈이 자신의 오른팔이라 그런지 그의 기분을 맞춰 주며 말을 했다.

"참! 그놈이 만수파 두목과 뭔가 연관이 있는 것 같으니 각별히 조심하고, 그놈이 누굴 만나고 다니는지, 그리고 무슨 일을 하는지 잘 지켜봐라."

"알겠습니다. 그런데 이번 일은 좀 그러니 형님이 좀 챙겨 주십시오. 저번처럼 그러시지 마시구요."

"알았다. 내 이번에는 확실히 챙겨 줄게. 이건 대범 형님이 지시한 것이니 확실하다."

"대범 형님이 하셨다니…… 알겠습니다. 그럼 나가 보겠습니다."

"그래, 확실히 하자!"

"예, 알겠습니다. 형님!"

단호한 얼굴로 대답을 하고 나가는 세훈의 모습에 조금 전 불쾌했던 기분은 가시긴 했지만, 그래도 영훈은 뭔가 불안한 느낌을 지울 수 없었다.

'내가 뭔가 놓치고 있는 것 같은데, 그게 뭐지?'

영훈은 나가는 세훈을 보며 뭔가 자꾸만 자신이 뭔가 빠뜨린 것이 있다는 느낌을 지울 수가 없었다.

그런 생각이 날수록 기분은 점점 찝찝해졌다.

'에라, 모르겠다. 언젠간 생각나겠지.'

영훈은 자신이 생각하지 못한 이 찝찝한 기분을 풀지 못한 것이 얼마나 큰 실수인지 얼마 지나지 않아 깨닫게 되었다.

물론 그 깨달음은 너무 늦어 그의 인생은 크게 바뀌게 되지만 말이다.

◆　　◆　　◆

김영훈이 병수와 용구의 보고가 마음에 들지 않아 그들을 구타하고 있을 때, 또 다른 곳에서 그와 비슷한 일이 벌어지고 있었다.

"이 새끼야! 그런 것 하나 못해?!"

"어이쿠, 성님! 그게 아니라니깐 말입니다."

"아니긴 뭐가 아니야, 새끼야!"

"하, 답답하시네! 제가 아까 말씀드리지 않았습니까? 그 새끼가 토깽이 새끼만치로 엄청 빠르다니까요."

"이 새끼가 지금 나랑 장난치나. 그래, 새끼야. 그 새끼가 토깽이처럼 빨랐다고 하지, 그럼 너도 뛰어가 쫓았으면 되잖아!"

"아따, 그게 안 된다고 몇 번이나 말 허요. 그 새끼가 토깽이……."

"아, 그 토깽이 얘긴 그만하고! 그래, 내 인정한다. 그놈 너무 빨라 네가 못 쫓아갔다고."

"맞지라! 그 새끼 억수로 빨라가 지가 못 쫓아갔당께요. 그런데 나만 못 쫓아간 것이 아니라 다른 놈들도 못 쫓아갔당께요."

"뭔 다른 놈들?"

"야! 다른 놈들도 그놈아를 지키고 있었당께요."

"음……."

김문수는 자신이 창식의 말을 듣고 감시를 붙인 명훈의 말에 인상을 썼다.

명훈의 이야기를 종합해 보면, 만수파의 뒤에 있는 자의 몸이 무척이나 빠르단 것이었다.

더욱이 사람이 쫓지 못할 정도로 산행에 능했다는 말이었다.

일반 평지를 달리는 것도 힘든 일인데, 산을 그렇게 빠르게 뛰어 뒤를 쫓는 이들을 떨칠 정도면 얼마나 날래다는 말인가?

창식의 말을 들었을 때는 그러려니 했었지만, 명훈의 말을 듣고 보니 쉽게 생각할 문제가 아니었다.

그러면서도 자신 외에 또 다른 누군가 그자를 감시하고 있다는 이야기를 들었을 때는 자신의 생각이 맞았다는 생각이 들었다.

현재 서울의 밤을 둘러싸고 뭔가 일이 벌어지려 하고 있었다.

최초의 방아쇠는 만수파가 시작을 했지만, 이젠 그들도 멈출 수는 없을 것이다.

비록 그들이 서울의 남쪽과 동부 일부를 먹었다고 하지만, 아직도 서울에 산재한 장악하고 있는 조직의 힘은 막강하다.

더욱이 강서는 고만고만한 조직들이 장악하고 있어 열외로 친다고 해도, 강북이나 자신이 장악하고 있는 동대문만 해도 만수파를 상대할 힘을 가지고 있다.

그런데 만수파를 노리고 있는 것이 자신뿐 아니라 또 다른 조직도 그들을 노리고 있다는 소리에 눈을 반짝였다.

"그래, 그들은 널 봤냐?"

"보긴 뭘 봅니까? 지가 어떤 놈인데 그런 놈들에게 몸을 까발리겠습니까?"

문수의 말에 명훈은 자신은 들키지 않았다는 말을 했다.

사실 성환도 명훈은 보지 못했다.

그건 명훈에게 정말이지 다행한 일이 아닐 수 없었다.

물론 명훈이 뛰어난 능력이 있어 성환의 감각에서 벗어난 것은 아니었다.

그저 성환의 감각이 병수와 용구에게 집중이 되어 있고, 또 마침 성환이 자신을 감시하던 시선을 느낄 때, 명훈이 병수와 용구를 발견하고 숨어서 그들을 지켜보느라 성환에게서 눈을 떼고 있어, 명훈을 느끼지 못했던 것뿐이다.

즉, 때 아닌 행운이 명훈에게 작용해 성환의 감각에 포착되지 않았다.

이런 행운 때문에 대범파와 다르게 동대문파는 잠시 시간을 벌 수 있었다.

물론 그건 문수나 명훈도 느끼지 못하고 있지만 말이다.

"네가 조금 더 수고 좀 해라!"

"알겠습니다. 그란데 성님! 지가 돈이 쪼까 필요한데 말입니다."

명훈은 문수의 지시에 알겠다는 대답을 하고는 능글맞게 말을 이어 갔다.

돈이 필요하다는 명훈의 말에 문수는 인상을 찡그리다 금고에서 돈뭉치 하나를 꺼내 그에게 던져 주었다.

"아껴 써, 자식아!"

"하하, 지야 그러고 싶은데, 딸린 식구들이 많아 가지고……."

"알았다. 나가 봐!"

"야! 그럼 지는 나가 볼랍니다. 성님, 나중에 봬요."

"그래, 들키지 않게 조심하고."

"알았당께요. 지 못 믿소!"

"알았다."

문수는 명훈의 대답에 더 이상 말을 하지 않았다.

확실히 자신의 조직에서 믿을 수 있는 자가 누구냐라고 묻는다면 바로 명훈을 지명할 것이다.

비록 조금은 무식해 보이긴 하지만 눈치가 빠르고 응기응변이 좋기도 하지만, 일단 의리가 있었다.

현대의 조폭에게선 사라진 의리를 알고 있는 참 건달이었다.

그렇기에 문수도 다른 조직원을 대하는 것과 명훈을 대하는 것을 다르게 하였다.

그리고 명훈에게만은 진솔하게 대했다.

그렇기에 명훈도 문수를 자신의 윗사람으로 생각하며 충성을 다하고 있었다.

◈　　◈　　◈

칼론 제임스는 한국에 들어온 자국의 특수부대들이 어디로 사라졌는지 촉각을 세우고 찾았다.

하지만 아무리 인맥을 동원해도 그들의 행방을 찾을 수가 없었다.

"이봐, 아직도 그들이 어디 머물고 있는지 찾지 못한 거야?"

"그게 아무래도 한국군 부대에 있는 것이 아니라 다른 특수한 곳에 있는 것 같습니다."

"특수한 곳?"

"예."

"음……."

부하의 말에 칼론은 턱에 손을 괴고 생각에 잠겼다.

한국 같이 좁은 곳에서 자신들의 시선을 피할 수 있는 곳이 어디가 있는지 생각을 하는 것이었다.

"안 되겠어, 톰!"

"예!"

"베이건에게 연락해서 위성을 쓰겠다고 해."

"위성을 말입니까?"

"그래, 아르고—3가 1시간 뒤에 한반도 상공을 지날 거니, 그것을 이용하면 될 거야."

톰은 자신의 상관이 아르고—3를 언급하자 깜짝 놀랐다.

다른 위성도 많은데 하필 극비인 아르고—3는 펜타곤이 운영하는 첩보 위성이 아닌, CIA가 극비 작전에 이용하기 위해 독자적으로 운영하고 있는 첩보 위성이었다.

그 때문에 아르고—3를 이용하기 위해선 국장의 제가가 필요했다.

그 때문에 톰은 칼론 지부장이 그것을 언급하자 놀란 것이다.

솔직히 자신도 그런 것이 있다는 소문만 들었지 이렇게 직접적으로 들을 줄은 몰랐다.

"아르고—3는 국장님의 제가를 받아야 하지 않습니까?"

"알아! 그건 내가 알아서 할 테니, 자넨 그저 내가 시키는 대로 하라고."

"알겠습니다."

"나가 봐."

"예."

칼론은 톰 헌터가 자신의 말에 대꾸를 하는 것에 심기가 불편해져 그를 자신의 사무실에서 내보냈다.

사실 그의 말이 맞았다.

자신도 조금 조급한 생각에 아르고—3를 언급한 것이지, 그것이 아니라도 충분히 이용할 수 있는 위성은 많았다.

그 때문에 금방 후회하는 마음이 들긴 했지만, 곧 다시 생각하니 자신이 꺼낸 말이 꼭 틀린 것이 아니란 생각이 들었다.

자신이 추적하고자 하는 사람들이 바로 자국의 특수부대원들이지 않은가?

그것도 극비의 존재로 신분이 외부에 알려져선 안 되는 존재들 말이다.

그런 자들을 추적하는 것인데, 펜타곤에서 운영하는 위성을 이용해 그들을 추적한다는 것은 안 될 말이었다.

"내가 틀린 것이 아니야……."

자신이 틀리지 않았다는 생각이 들었다.

분명 자신이 국장에게 들은 지시는 SOCOM에서 비밀리에 진행하고 있는 프로젝트의 내막을 파악하는 것이었다.

거금 5억 달러를 사용해야만 할 프로젝트인데, 자신들이 모르고 있다는 것은 말이 되지 않았다.

"접니다."

칼론은 자신이 틀리지 않았다는 생각이 들자 바로 국장과 직통으로 연결되는 보안 회선으로 전화를 걸었다.

CIA의 공작 지원 연구소에서 개발한 특수한 휴대폰이라 감청이 불가능한 것이었다.

휴대폰마다 개별 코드가 부여되어 있어 분실하더라도 부여된 코드를 기입하지 않으면 사용이 불가능한 것이었다.

하지만 칼론이나 이런 휴대폰을 가진 요원들이 모르는 것이 하나 있는데, 이 휴대폰에는 원격 폭파 장치가 있다는 것이다.

이는 혹시라도 신분이 노출된 이나, 적에게 넘어가 직원들을 처리하기 위해 마련된 장치다.

물론 강제로 이 휴대폰의 비밀을 알려고 하는 이들을 위해 대비이기도 하지만 말이다.

아무튼 추적이 불가능한 휴대폰을 이용해 국장에게 자신의 생각을 전달하고 위성의 사용승인을 요청했다.

"알겠습니다. 곧 성과를 받아 보실 수 있을 것입니다. 한국은 좁은 나라이니 1시간이면 모두 살펴볼 수 있습니다."

한국이라는 작은 나라라면 정밀 감시를 하더라도 1시간 이내에 모든 시설물을 촬영할 수 있었다.

더욱이 아르고—3는 감청까지도 가능했다.

물론 엄청난 거리에 있기에 감청 내용을 분석하기 위해선 CIA본부에 설치된 슈퍼컴퓨터를 이용해 분석을 해야 하지만 말이다.

아무튼 국장으로부터 위성 사용 허가를 받은 칼론은 톰이 갔을 위성 센터에 연락을 했다.

"국장님의 허가가 떨어졌다. 코드번호 0A8E33X113. 확인했나?"

위성 사용을 위한 코드를 불러 주면 위성센터에서 전화를 받는 오퍼레이터에게 코드 번호를 입력했는지 물었다.

조금 뒤면 그동안 몇 개월을 숨어서 작전을 하던 이들을 찾을 수 있을 것이다.

그리고 그들이 어떤 비밀을 숨기고 있는지도 알 수 있을 것이다.

그 비밀을 밝혀낸다면 CIA는 펜타곤을 압박할 카드를 하나 손에 쥘 수 있을 것이란 생각에 칼론은 입가에 미소를 머금었다.

◈　　◈　　◈

"어서 오십시오."

사무실로 들어오는 성환의 모습을 본 진혁이 얼른 자리에서 일어나 성환을 맞았다.

오늘은 어쩐 일로 자신을 찾았는지 살짝 의아한 생각이 들긴 하지만, 겉으로 표시는 내지 않았다.

얼마 전 일로 성환을 보기 껄끄러운 때문에 긴장을 하며 성환을 보았다.

그런 진혁을 모르는 척 자신이 찾아온 목적을 이야기했다.

"전에 이야기한 대로 50명을 모집해라."

"50명 말입니까?"

"그래."

성환은 전에 만수파와 진원파를 통합시키고 진혁과 용성 그리고 작두가 있는 자리에서 1차로 100명, 그리고 2차로 50명의 인원을 자신이 원하는 때 차출을 하라고 말했었다.

그들은 자신이 서울을 통일할 때 사용할 인원이라고 했었다.

물론 그 계획은 조금의 수정이 거친 뒤 모두 KSS경호로 입사시키는 것으로 결론이 났다.

처음 계획은 차출된 인원에게 적당한 무술을 가르쳐 다시 만수파에 보내는 것이었는데, 그렇게 하면 괜히 진혁이 엉뚱한 생각을 할 것 같아 계획을 변경했다.

또 당시 군대를 전역한 S1의 일도 겹치는 바람에 겸사겸사 KSS경호라는 경호 회사를 설립하고, 자신이 가르친 이들을 굳이 깡패로 만들 생각이 들지 않아 비슷한 일을 하면서도 그들에게 정상적인 직업을 가지게 하겠다는 생각에 계획을 변경하고 그들을 모두 경호원으로 입사를 시킨 것이다.

물론 처음 반발도 있었다.

계중에는 깡패를 동경해 이 세계로 뛰어든 철없는 어린 것들도 있었기 때문이다.

하지만 매에는 장사가 없듯 정신 개조란 미명하에 폭행과 얼차려가 병행되고, 또 섬이란 특수한 공간에서 규칙적인 생활을 하다 보니 그들이 변했다.

이제는 자신들도 남들에게 손가락질 받는 깡패가 아닌 경호원이라는 직업을 가지게 되었다는 것에 자긍심이 생겼다.

특히나 자신들이 배운 것이 일반적으로 체육관에서 배우는 그런 무술이 아니란 것을 깨닫기까지 그리 오래 걸리지 않았다.

그건 그들을 가르치는 이들의 면면이 보통이 아니기 때문이다.

교관들 모두가 올림픽에 나가면 금메달을 목에 걸 만한 능력자들이기 때문이었다.

제자리에서 점프를 하면 기본 2m를 뛰고, 스톱워치가 없어 정확한 시간을 측정할 수는 없지만 그냥 봐도 육상 선수보다 빠르게 달렸다.

그것도 일반 육상 트랙이 아닌 모래사장을 말이다.

그러니 전직 깡패들까지 배우면 그렇게 될 수 있다는 말에 모두 눈이 뒤집혀 교관들을 따랐다.

그리고 얼마 뒤에는 미국 특수부대들이 합류하면서 그들은 더욱 자신들이 배우는 것이 아주 대단하다는 것을 깨닫고, 그들에 뒤처지지 않기 위해 노력에 노력을 기울였다.

미국 특수부대원들과 보이지 않는 경쟁을 하면서 그들의 능력도 향상되어 이제는 함께 훈련을 받고 있는 미군 특수부대원과 비슷한 능력을 가지게 되었다.

그러니 섬에서 교육을 받고 있는 그들이 다시 깡패로 돌아가 자신보다 능력도 없는 이들을 형님으로 모신다는 것은 자존심 상하는 일이었다.

그래서 모두 KSS의 직원이 되는 것을 거부하지 않았다.

이는 성환의 계획이 성공했음을 나타내는 것이었다.

성환은 앞으로도 이런 식으로 조직폭력배의 숫자를 점점 줄여 갈 것이다.

그리고 최후에는 이름만 남기고 모두 정상적인 기업으로 만들 생각이다.

물론 그건 꿈같은 이야기란 것을 성환도 잘 알고 있다.

하지만 일단은 성공 사례가 있으니 계속해서 일을 추진할 것이다.

일단 1차로 100명을 양성했으니 2차로 50명을 데려가려 한다.

사실 2차가 50명인 것은 이들도 순환하면서 교육을 시키기 위해서다.

1차로 교육이 끝난 인원 100명 중 50명을 일단 회사로 데려와 업무를 시작할 생각이다.

간판만 걸어 놓고 아무런 실적도 없다고 하면 정부에서 이상하게 생각할 것이 분명했기 때문이다.

실적도 없는데 세금을 낼 수도 없는 문제고, 또 세금도 내지 않으면서 몇 개월씩 영업을 하고 있다고 하면 모두 이상하게 생각할 것이 빤했다.

그래서 일단 50명을 데려가 정상적으로 경호 업무를 시행을 하면서, 남은 50명과 새로 데려갈 50명을 함께 훈련을 시킬 계획이다.

물론 능력의 차이가 있으니 가르치는 매뉴얼은 다르겠지만, 그렇게 함으로써 그들끼리도 경쟁을 시켜 실력 향상을 꽤하려 한다.

아무튼 오늘 성환은 진혁을 찾아 전에 이야기한데로 50명의 인원을 새로 차출하라는 말을 했다.

"그럼 전에 100명은 모두 훈련이 끝난 것입니까?"

"그래."

"그럼 그들은 언제 복귀하는 것입니까?"

"아, 그것에 대해 말해 준다는 것이 일이 바빠 이야기를 못했군. 계획이 바뀌었다."

계획이 바뀌었다는 말에 진혁의 표정이 보기 싫게 변했다.

하지만 그러거나 말거나 성환은 표정 변화 없이 말을 이었다.

"지금 이 정도가 너에게 좋다. 너무 커지면 외부의 시선을 받게 된다. 그러니 100명에 관해선 생각을 접어라. 아, 이번에 차출된 50명도 내가 설립한 경호 회사에 모두 입사를 시킬 것이니 그렇게 알고 있도록."

통보를 하듯 진혁에게 말을 쏟아 낸 성환은 차가워진 눈으로 진혁의 눈을 주시하다 자리에서 일어났다.

"너에겐 특별히 기회를 더 주는 것이다."

앞뒤 말을 모두 자르고 뜬금없는 말을 던지고 성환은 진혁의 사무실에서 나갔다.

그런 성환의 뒷모습을 지켜보는 진혁의 시선이 복잡해졌다.

처음 성환이 찾아왔을 때는 두려웠고, 그가 한 제안을 들었을 때는 잊었던 야망을 이룰 수 있다는 생각에 가슴이 뛰었다.

그리고 그의 말마따나 100명의 정예가 보다 체계적인 훈련을 받아 조직으로 돌아온다면 서울의 밤을 장악하는 것도 꿈은 아니라 생각했다.

그러던 것이 통합된 조직이 안정이 되면서 성환의 도움 없이도 조직을 키울 수 있다는 생각이 들었다.

그래서 성환이 조직을 안정시키고, 조용히 있으라는 지시도 어겨 가며 일을 버렸다.

신호남파라는 변수만 없었더라면 자신의 생각대로 되었을 것이지만, 진인사대천명(盡人事待天命)이라고 했던가? 일은 계획대로 되지 않고 엉뚱한 변수로 인해 초반의 기세는 사라지고 오히려 밀리기 시작했다.

그러던 것이 성환이 돌아오면서 일단락되었다.

밀리던 상황도 해결이 되고, 백곰파는 물론이고 중간에 끼어든 신호남파까지 굴복시켰다.

물론 자신이 보기에 일부 세력이 속으로 불복해 뭔가 일을 꾸미는 것 같았지만, 일단 자신이 생각할 것은 아니었다.

그저 성환이 자신이 품었던 야망을 알게 되었다는 사실 하나만으로도 죽다 살아난 기분이었다.

그들이야 어찌 되든 상관이 없다.

하지만 피어나기 시작한 꿈을 이곳에서 멈춰야 한다는 생각에 자신을 고민에 빠뜨렸다.

진혁이 이렇게 성환이 던지고 간 파문에 고민을 하고 있을 때, 용성이 안으로 들어왔다.

"사장님."

뭔가 고민이 있는 듯 생각에 빠져 있는 진혁에게 다가가 그를 불러 보지만 진혁은 생각에 깊이 빠져 있는지 자신의 물음에 답을 하지 않았다.

그런 진혁의 모습을 보다 다시 한 번 큰소리로 진혁을 불렀다.

"사장님!"

진혁은 생각을 하고 있다가 갑자기 큰소리가 들리자 깜짝 놀라 주변을 살폈다.

"어, 어! 언제 왔습니까?"

언제 왔는지 자신의 옆에 와 있는 용성의 모습을 보고 깜짝 놀라며 물었다.

그런 진혁의 물음에 용성은 작게 한숨을 쉬다 대답을 했다.

"방금 왔습니다. 그런데 무슨 고민이라도 있습니까?"

진혁은 용성의 물음에 조금 전 성환이 다녀간 이야기를 들려주었다.

"조금 전 교관님이 왔다 가셨습니다."

진혁은 용성과 있을 땐, 성환을 아직도 교관님이라 불렀다.

이는 아직도 그가 성환을 어려워하고 또 두려워하고 있다는 반증이었다.

물론 다른 조직원들과 있을 때면 성환이 자신과 가까운 사이라는 것, 즉 자신의 뒤에 성환이 있다는 것을 강조하기 위해 회장님이라 부르지만 말이다.

아무튼 진혁은 성환이 조금 전 하고 간 이야기를 들려주었다.

모든 이야기를 들은 용성은 조금 전 진혁이 그랬던 것처럼 생각에 빠져들었다.

이는 성환이 어떤 의도로 그런 말을 하고 갔는지 그 의도를 파악하기 위해서였다.

성환의 의중을 빨리 파악해야 자신들의 앞날에 어떤 일이 벌어질지 대비를 할 수 있기 때문이다.

사실 진혁 못지않게 이번에 용성도 깜짝 놀랐다.

용성도 지금의 조직이라면 서울 전체는 모르겠지만 한강 남쪽에 자리한 지역쯤은 쉽게 자신들 수중에 넣을 수 있다고 생각하고, 진혁이 일을 벌일 때 함께했다.

그런데 뚜껑을 열고 보니 그렇지 못했다.

비록 뜻하지 않은 기습을 받았다고 하지만, 신호남파와 백곰파에게 일격을 맞고 허둥대고 있을 때, 성환이 나타나 모든 일을 해결해 버리고 자신을 돌아보았을 땐 정말이지 오금이 저려 움직일 수가 없었다.

맹수의 앞에 벌거벗은 채로 놓인 것처럼 두렵고 떨렸다.

하지만 아무런 말을 하지 않았기에 그냥 넘어가나 싶었는데, 이렇게 진혁에게 이야기를 듣다 보니 그게 아니란 것을 깨닫고 고민에 빠졌다.

"김 전무님, 김 전무!"

한 번 불러도 대답을 하자 존칭이 사라지고, 바로 용성의 직급을 큰소리로 불렀다.

"아, 예! 죄송합니다. 잠시 생각을 정리하느라……."

"알겠습니다. 저도 그랬으니 이 일은 그냥 넘어가기로 하죠."

용성이 자신처럼 생각에 빠져들자 진혁은 용성이 혹시나 자신을 버리는 것은 아닌지 걱정이 들어 그가 다른 생각을 하기 전 용성을 불렀다.

하지만 자신이 부르는데도 대답이 없자 큰소리를 질러 그를 깨웠다.

정신을 차린 용성이 사과를 하자 그제야 조금 누그러져 말을 이었다.

"어떻게 했으면 합니까?"

"우리가 힘이 있습니까? 그저 시키는 대로 해야죠."

사실 자신들이 부하들을 많이 거느린 큰 조직의 보스와 간부라 해도 성환의 손짓 한 번이면 목숨이 왔다 갔다 한다는 것을 잘 알고 있었다.

그렇기에 진혁도 자신의 물음이 너무도 쓸데없다는 것을 알면서도 그냥 한 번 물어본 것이다.

"그렇겠죠. 그저 시키는 대로만 하면 되겠지요."

얼마 전까지만 해도 자신의 말 한마디면 몇 백 명이 일사 분란하게 움직였는데, 그런 자신을 성환이 간단하게 부린다는 것에 자괴감이 들었다.

하지만 그렇다고 반항할 수도 없었다.

성환에게서 느껴지는 것은, 아직 풀지 않은 야성이 자신을 주시하고 있다는 것을 너무도 잘 알고 있으니 말이다.

자신이 틈을 보이기만 하면 그것을 기회로 단숨에 숨통을 조일 것이라는 경고를 하고 간 것을 깨닫고 그가 시킨 일을 하기 위해 용성에게 지시를 내렸다.

"50명을 더 차출하세요. 그곳으로 보내 주면 될 것입니다."

진혁은 KSS경호란 간판을 단 성환의 회사를 언급하며, 차출한 50명을 그곳으로 보내라는 말을 하였다.

"오늘은 피곤해서 이만 일어나야겠습니다."

진혁은 그렇게 지시를 내리고 급 피곤해짐을 느꼈다.

성환을 상대하는 것은 진혁에게는 아주 피곤한 일이었다.

이미 켕기는 것이 있다 보니 성환을 대하는 것이 여간 어려운 것이 아니었다.

그렇게 진혁도 성환처럼 용성에게 자신의 지시를 알리고는 퇴근을 했다.

진혁이 일하는 곳은 만수파 두목의 사무실이 아닌, 샹그릴라라는 호텔의 사장실이기 때문에 겉보기에는 사장이 조퇴를 하는 것처럼 보였다.

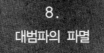

8.
대범파의 파멸

진혁의 사무실에서 나온 성환은 전화벨 소리기 울리자
안주머니에서 휴대폰을 꺼내 액정을 확인했다.

　급한 전화가 아니면 나중에 받을 요량으로 전하를 건 사
람을 확인하였는데, 전화를 건 사람이 진성이란 것을 확인
하자 바로 전화를 받았다.

　"여보세요."

　천천히 걸어가며 전화를 받으며 진성이 하는 이야기를
들었다.

　"그래, 그럼 지금 샹그릴라 호텔이니 이곳에서 보기로 하지."

　진성에게 누가 자신을 감시하는 것인지 의뢰를 하였는데,
그것에 대한 조사가 끝났다는 것이다.

성환은 진성이 전화상으로는 자세한 말을 하기 힘드니 만날 것을 제안하자 마침 호텔이니 그곳에서 보자고 하였다.

◈　　◈　　◈

성환은 호텔 로비 한쪽에 있는 카페에서 차를 마시며 진성이 오기를 기다렸다.

그렇게 기다리기를 10분이 지나자 진성이 들어오는 것이 보였다.

"어서 와."

"안녕하셨습니까?"

"그래, 벌써 뒷조사가 끝난 것인가?"

"예, 여기."

간단하게 두 사람은 인사를 나누고 바로 본론으로 들어갔다.

둘 다 각자의 일 때문에 바쁜 관계로 별다른 이야기 없이 일을 진행했다.

진성은 조사를 마친 것을 서류 봉투에 담아 성환에게 내밀었다.

성환은 그것을 넘겨받아 내용물을 확인해 보았다.

그런데 보고서는 의외로 3장이나 되었다.

이번 일을 단순하게 생각했는데 보고서가 3장이나 되자 의아한 생각이 들었다.

그리고 살펴본 바에는 자신이 보지 못한 두 곳의 존재가 있어 성환을 놀라게 하였다.

'그동안 일이 잘 풀려 내가 방심을 했군.'

성환은 자신이 그동안 자신이 안일했다는 생각이 들었다.

자신을 감시하는 사람을 발견한 곳은 단 한 곳뿐.

그런데 진성이 보고한 것은 자신이 발견한 곳 말고도, 다른 두 곳에서 더 자신을 감시하고 있었다는 것이었다.

"음, 대범파와 동대문파……. 그런데 CIA는 무슨 일로 날 감시하는 것이지? 혹시 미국에서?"

성환은 보고서를 살펴보며 작게 중얼거렸다.

무엇 때문에 대범파나 동대문파 그리고 CIA에서 자신을 감시하는지 이해가 가지 않았다.

그동안 자신을 철저히 숨긴다고 했는데, 그게 아닌 듯 세 집단이나 자신을 주시하고 있었다는 것에 놀랐다.

더욱이 다른 곳도 아니고 CIA에서 자신을 감시하고 있다는 것에 인상이 찡그려졌다.

만약 자신을 알게 되었다면 분명 자신의 혈육인 수진에 대한 것도 알려졌을 것이 분명한데 그것이 걱정이 되었다.

다른 집단도 아닌 CIA이지 않은가.

미국 내에서도 거의 무소불위의 권력을 행사하는 집단이

CIA이다.

자신들의 권력을 위해서는 자국의 대통령까지 암살하려는 이들이 바로 그들이다.

그런데 그런 이들이 무엇 때문에 자신을 감시하고 있는 것인지 이해가 가지 않았다.

물론 성한은 그들이 자신을 감시하는 것을 이해할 수 없었지만 CIA도 성환을 감시하는 데는 이유가 있었다.

자국의 이익을 위해서는 어떤 파렴치한 범죄도 서슴지 않고 자행하는 것이 그들.

아직까지 성환은 전에 그레고리에게 청부를 한 집단이 CIA란 것을 모르고 있었다.

물론 당시 CIA도 누군가의 부탁으로 성환을 죽이기 위해 전직 스페츠나츠 출신의 청부업자인 그레고리를 이용한 것이다.

하지만 자신들의 의뢰를 받은 그레고리가 실종되면서 CIA 한국 지부는 체면에 먹칠을 하고 말았다.

진성이 조사한 보고서에도 무엇 때문에 CIA에서 성환을 감시하고 있는지는 알지 못했다.

다만 우연히 감시자들을 조사하던 중 발견해 추적하다 보니 그들이 CIA 한국 지부의 요원이란 것을 알게 된 것뿐.

"이게 사실인가?"

"그렇습니다."

"그런데 CIA에서 날 감시하는 이유가 나와 있지 않은데?"

"사실 그것까지는 알아내지 못했습니다. 저희가 그들을 조사하기에는 조금⋯⋯."

진성은 자신이 아무리 정보 사령부의 소속이라고 하지만 CIA를 조사하기는 너무도 위험했다.

더군다나 진성이 운영하는 용역 회사도 100% 정보사 요원만 있는 곳이 아니기 때문에 조사를 하는 데 한계가 있었다.

그게 무슨 말이냐면 진성이 사장으로 있는 흥신소는 정보사 요원과 그렇지 않은 일반인이 함께 일하는 곳이었다.

자신들의 신분을 위장하기 위해 진성이나 정보사 요원들은 일반인과 섞여 있는 것이다.

옛말에 나무를 숨기려면 숲에 숨기라는 말이 있다.

신분이 들켜선 안 되는 이들이다 보니 진성이나 정보사 요원들이 그렇게 신분 세탁을 하고 일반인들 속에 숨은 것이다.

아무튼 그러다 보니 진성이나 용역 회사에 있는 이들이 조사를 하는 것에도 한계가 있으리라.

물론 진성도 왜 무엇 때문에 CIA에서 성환을 감시하고 있는지 조사를 하기 위해 최선을 다했지만 알아내지 못했다.

성환은 진성으로부터 이런 정황을 듣게 되자 더욱 걱정이 되었다.

자신은 어떻게든 피할 수 있다.

하지만 수진은 아니었다.

일반인인 수진에게 만약 CIA에서 수작을 벌인다면 아무리 그 곁에 진희나 특수경호 2팀이 있다고 해도 안심할 수 없었다.

만약 수진이 한국에 있다면 이렇게 걱정하지도 않을 것이다.

특수경호 2팀을 못 믿는 것은 아니지만, CIA에서 사용할 방법은 무궁무진하기 때문이다.

수진을 납치하기 위해 어떤 방법을 사용할지 모르기에 성환은 그것이 걱정이 되었다.

'만약 수진의 신상에 이상이 생기면 미국이라도 가만두지 않을 것이다.'

만약 수진의 신상에 이상이 생기면 바로 미국으로 들어가 관련자 모두를 그냥 두지 않을 것을 속으로 다짐하며 다른 서류를 살펴보았다.

지금으로써는 CIA의 목적을 모르니 그에 대한 대비를 어떻게 해야 할지 결정하기 힘들어 일단 보류를 한 것이다.

물론 돌아가면 특수경호 2팀의 팀장인 고재원에게 연락을 해, 경호 수위를 높일 생각이다.

"그런데 이들은 또 무엇 때문에 날 감시하는 거지?"

보고서를 읽으며 대범파나 동대문파에서 자신을 감시하는 이유를 물었다.

"설마 지금 내가 하고 있는 일을 그들이 벌써 눈치챈 것인가?"

"그건 아닌 것 같습니다."

"그럼?"

"대범파는 김상수라는 자의 의뢰를 받고 대령님의 뒤를 조사하는 중이고, 동대문파는 신호남파의 2인자인 문창식과 자주 만나는 것으로 조사가 되었습니다."

"김상수?"

"예, 그는……."

보고서에 다 나와 있는 것이지만 성환의 질문에 진성은 대답을 해 주었다.

성환도 보고서를 읽으면서 진성이 하는 말을 들었다.

모든 것을 확인한 성환은 대범파가 자신을 조사하는 것은 서양건설의 이세건 사장의 지시가 있었던 것으로 결론을 내렸다.

아니, 최악의 상황으로 서양그룹의 회장인 김춘삼이 움직였을 수도 있다.

하지만 그런 것은 성환의 머릿속에 들어오지 않았다.

그동안 잠시 잊고 있었는데 원수 중에 그자도 남아 있던 것이다.

거대한 적인 김한수 의원을 대응하기 위해 자신도 세력을 가져야 한다는 생각에 다른 것은 뒤로 미뤄 뒀었는데, 이제야 생각이 났다.

전에 세창이 자신에게 했던 남은 원수들의 배후에 대한 이야기를 듣고 자신이 너무 거대한 적에 대해 생각하다 보니 정작 그를 놓친 것이었다.

사실 김한수 의원이나 김춘삼 회장에 비해 이세건 사장 정도는 솔직히 피라미 정도에 지나지 않기 때문이다.

물론 마음만 먹는다면 이세건이 아니라 김한수 의원이나 김춘삼 회장을 처리하는 것도 간단한 일이다.

몰래 그들이 사는 집에 침투해 암살을 하면 끝나는 일.

하지만 그렇게 해서는 사회의 혼란이 너무도 크다.

두 사람이 대한민국에 끼치는 영향력을 생각하면 쉽게 생각할 일이 아니다.

이들이 사라져도 큰 혼란이 오지 않게 하기 위해 사전 작업이 필요했다.

그래서 세창의 제안을 받아들이고 이렇게 지루한 길을 가고 있는 것이다.

만약 성환이 조국의 혼란을 생각하지만 않았다면 이렇게 조폭들과 어울려 이상한 짓을 할 필요가 없는 것이다.

말이 삼청 프로젝트고, 사회 정화를 위한 작전이지, 현재 성환에게 아무런 이득도 없는 일이다.

그런데 이렇게 진혁이나 용성을 움직여 만수파로 하여금 조직을 키우게 하고, 또 서해의 외딴 섬에서 전직 특수부대원과 조폭들을 조련하는 일을 하는 것이 아니다.

만약 이기적으로 생각했다면 누나의 죽음이 있고 나서 군의 사정을 보지 않고 바로 전역을 했을 것이다.

하지만 성환은 그래도 조국을 생각했기에 전역을 늦추고, 또 군의 명령대로 미국까지 파견을 나갔다 온 것이다.

그런데 이렇게 알아서 복수의 대상들이 자신들을 죽여 달라고 찾아올지는 꿈에도 몰랐다.

"그러니까 이놈들이 날 조사하는 것이 뭔가를 알아서 그런 것이 아니라 서양의 이세건의 지시로 그런 것이다?"

"그렇습니다."

"혹시 김춘삼 회장은 연관되지 않았나?"

성환은 혹시라도 김춘삼 회장도 연관이 있는지 물었다.

"아직까진 그런 정황까진 파악되지 않았습니다. 하지만 알고는 있을 것으로 파악됩니다."

관여는 안 했지만 알고는 있을 것이란 말에 성환의 눈이 반짝였다.

협조는 아니지만 방조는 하고 있다는 말이었다.

사위나 외손자가 잘못된 일을 하고 있다는 것을 알고 있으면서도 방조를 하고 있다는 것은 그건 어느 정도 협력하고 있다는 말과 같은 말이었다.

충분히 막을 수 있는 일을 막지 않은 것 또한 잘못이다.

이런 생각이 들자 가만히 잠자고 있던 내공이 들끓기 시작했다.

이는 성환이 직접적으로 내공을 운용하지 않아도 그의 기분에 따라 내공이 따라 움직였다.

이 때문에 지진도 아닌데 테이블 위의 찻잔이 흔들리고, 맞은편에 앉아 있던 진성은 숨이 답답함을 느꼈다.

'으음!'

진성은 알 수 없는 갑갑함에 숨이 막혀 왔다.

이런 느낌이 어디서부터 시작되는지 잘 알고 있었는데, 그것은 전에 이곳 사장실에 들어갔던 성환이 진혁을 협박할 때 한 번 경험했다.

진성의 답답한 신음성을 들은 성환은 자신의 실책을 깨닫고 얼른 내공을 안정화시켰다.

그제야 답답함이 해소된 진성은 다시 한 번 성환에 대해 다시 생각하게 되었다.

'역시 대령님은 평범한 사람이 아니구나!'

기세만으로 사람이 숨 쉬는 것이 힘들 정도로 답답하게 만드는 능력은 특수 훈련을 받은 그마저 두렵게 만들었다.

그러면서 이런 사람과 적이 되지 않은 것에 감사했고, 또 성환의 적들에 대한 명복을 빌었다.

◆　　◆　　◆

　　명동 1번가 중심의 세종빌딩, 그곳은 다른 이름으로 유명한
데, 세종빌딩의 다른 별칭은 판데모니엄(Pandemonium)
이었다.

　　판데모니엄을 우리말로 번역하면 대혼란 또는 대혼란이
있는 장소 즉 지옥이나 복마전(伏魔殿)을 뜻한다.

　　세종빌딩이 이런 이름으로 불리는 것은 이곳이 바로 명
동 일대를 장악하고 있는 대범파의 본거지이며, 사실상 대
한민국에서 가장 강대한 조직이기 때문이다.

　　명동이라는 위치가 전통적으로 대한민국 조직 세계에 미
치는 상징 때문이기도 하고, 또 대범파의 힘이 그런 상징성
을 나타내는 명동이란 지역을 차지할 만큼 강력하다는 것을
반증하는 것이기도 하다.

　　아무튼 이런 무시무시한 별명을 가진 세종빌딩 아니, 대
범파의 본거지를 지켜보는 사내들이 있었다.

　　세종빌딩이 보이는 맞은편 건물 옥상에 일단의 사내들이
모여 세종빌딩 내 불이 밝혀진 사무실을 노려보고 있었다.

　　"모두 숙지하고 있겠지?"

　　성환은 뒤에 있는 사내들에게 지시 사항을 숙지했는지
물었다.

"예."

성환의 질문에 짧은 대답을 하는 이들, 그들은 바로 서해의 이름 모를 섬에서 훈련을 한 KSS경호의 특별경호 1팀과 직원들이었다.

물론 섬에서 훈련을 받던 직원들이 모두 이곳에 몰려온 것은 아니었다.

100명이 넘는 인원을 데리고 오기에는 너무 눈에 띄기 때문에 그들 중에서 훈련 성과가 뛰어난 상위 20명만 데려왔다.

비록 숫자는 30명이 되지 않는 적은 인원이지만, 이 인원만으로도 충분했다.

특별경호 1팀의 전력은 차치하고라도 섬에서 이들에게 훈련을 받은 일반 직원들만 해도 섬에 들어가기 전보다 3배 이상 능력이 향상되었다.

이들은 보는 것만으로도 날이 잘 벼려진 검을 보듯 기세가 고조되어 있었다.

감히 일당백이라는 말을 할 수 있을 정도로 뛰어나 보였다.

"최대한 빠르게 제압한다. 반항을 한다면 과감하게 손을 써도 상관없다."

성환은 이들에게 대범파를 습격할 때, 숙지 사항을 전달하며, 반항이 심할 경우 과감하게 손을 쓰라는 말을 했다.

성환이 이런 말을 하는 배경에는 진성에게서 전달받은 보고서 내용 때문이다.

보고서에 작성된 내용을 살펴보면 대범파는 대한민국에 전혀 필요 없는 존재들이었다.

조직을 운영하는 것 중에 마약은 물론이고 고리대금, 인신매매 그리고 장기 밀매까지…… 정상적인 인간이라면 감히 상상도 못할 짐승과 같은 일을 사업이란 명목으로 운영하고 있었다.

더욱 기가 막힌 것은 이런 자들을 뒤에서 봐주는 국회의원들이 있다는 것이다.

악어와 악어새마냥 대범파는 그렇게 인간 이하의 일을 해서 번 돈으로 자신들의 안전을 위해 국회의원이나 정관계 인사들에게 로비를 하였다.

뿐만 아니라 일부 정치인이나 변호사, 검사들을 키웠다.

마치 영화에나 나올 법한 일을 버젓이 벌이고 있었다.

자신들이 키운 인재들을 이용해 더욱 강력한 방어막을 형성하고 주변의 경쟁자들을 물리치고 했던 것이다.

불법 자금으로 양성한 프락치를 높은 자리에 올리기 위해 대범파는 일부 조직원을 일부러 그들에게 넘겨주기까지 했다.

이는 프락치들이 높은 자리에 있을수록 자신들의 자리가 공고해지기 때문이었다.

그렇게 프락치를 고위직에 올리며 그들에게서 전달되는 정보를 토대로 경찰이나 검찰의 단속을 피하고, 때로는 그들을 이용해 경쟁 조직을 와해시키기도 하며, 지금의 위치에 올랐다.

이러한 내용을 확인한 성환은 대범파를 그냥 둬서는 안 되겠다는 생각을 하게 되었다.

특히나 성환이 이런 생각을 하게 된 결정적인 것은 보고서 말미에 나오는 장기 밀매 내용 때문이었다.

보고서 3장 중 2장이나 할애된 대범파에 관해 조사된 내용을 읽고 성환은 인간으로서 순수한 분노를 감추지 못했다.

인간을 인간으로 보지 않고 그저 돈을 벌기 위한 물건으로 취급하는 대범파의 범죄 행위를 일목요연하게 나열한 내용은, 자신의 목적을 위해 사람을 죽였던 성환도 기가 찰 내용이었다.

남녀노소 나이, 성별 관계없이 무작위로 장기를 밀매했다.

어디서 장기가 필요하다는 연락이 들어오면 그에 맞는 연령대의 희생자를 타깃을 잡아 납치해 장기를 적출해 팔았다.

이런 내용을 보게 되자 도저히 참을 수가 없었다.

아직 KSS직원들의 훈련이 마무리되지 않은 상태였지만,

그냥 두고 보기에는 그들의 행동이 과했다.

인간이 인간으로서 존재할 수 있는 것은, 인간으로서 타인의 존엄을 준수하기 때문이다.

일부 인권 운동가들이 범죄인에 대한 인권 문제를 거론하곤 하지만, 성환은 그들의 주장을 절대로 인정할 수 없었다.

타인의 인권을 무시하는 이들에게 인권을 지켜 줄 필요가 없다는 생각이다.

인권은 죄인에게 적용되는 것이 아닌 희생자에게 적용해야 할 권리라고 생각하고 있기 때문이다.

인간에게 최소한도로 지켜 줘야 할 인간이지, 인간의 형상을 하고 있는 존재라고 해서 인권을 지켜 줘야 한다고 생각지 않는 것이다.

인간이면서 인간 이하의 행동을 했다면 그건 인간이 아닌 괴물일 뿐이다.

옛사람들이 말하는 인두겁이란 말이 있다.

즉 사람의 형상을 썼다는 말이다.

그렇기에 인간이 인간으로서 하지 말아야 할 행동을 했다면 그에 따른 대가도 본인이 책임을 져야 한다는 생각이다.

그래서 성환은 대범파를 처리하기로 결심을 하게 되었다.

비록 자신에게 그들을 처리할 어떤 권한이나 권리가 있

는 것은 아니지만, 누군가는 나서서 해야만 하는 일이다.

그리고 그들이 속한 곳이 암흑가이니 비슷하게 일을 처리하기로 했다.

자신이 이들을 처리하고 만수파로 하여금 이들이 차지하고 있던 것을 책임지게 할 것이다.

물론 자신이 인정할 수 있는 범위 내의 사업만 유지하고, 나머지는 모두 패기할 계획이다.

성환이 KSS직원들이 마음을 가다듬을 시간을 주기 위해 이렇게 주위를 환기시키고 있을 때, 누군가 옥상으로 올라오는 이가 있었다.

"회장님!"

"다들 준비되어 있나?"

"예, 주변을 통제하기 위해 잘 포진해 있습니다."

진혁은 조직원들을 성환의 지시대로 세종빌딩 주변에 포진시켜 두고 올라와 보고를 했다.

성환이 대범파를 칠 것이란 소리를 했을 땐 깜짝 놀랐었다.

아직까지 만수파는 대범파를 상대할 정도의 힘을 가지지 못했다.

물론 성환이 도와준다면 가능하겠지만, 그렇다고 해도 일단 대범파를 상대하기 위해선 사전에 준비를 철저히 해야만 했는데, 급하게 대범파를 정리하겠다는 성환의 연락에 당황했었다.

하지만 전에 차출한 인원을 동원할 것이란 말을 들었을 때, 어쩌면 가능하겠다는 생각을 하였다.

그렇기에 이렇게 부하들을 성환의 계획대로 대범파의 본 거지 주변에 포진시킨 것이다.

혹시라도 빠져나가는 이들이 발생하면 뒷수습이 힘들어지기 때문에 그것을 만수파에서 맡기로 했다.

그래서 자리 배치가 끝나자 바로 올라와 보고를 하는 것이다.

"알았다. 그럼 넌 이만 돌아가라. 혹시 네 얼굴을 알아볼 사람이 있을지 모르니."

"알겠습니다. 그럼 일이 끝난 뒤에 뵙겠습니다."

대답을 한 진혁이 돌아가고 다시 옥상에는 성환과 KSS 직원으로 등록이 된 이들만 남게 되었다.

"인원을 두 팀으로 나눠 한 팀은 재원이, 또 한 팀은 동완이 맡아 운용한다."

"알겠습니다."

동완은 그동안 훈련만 했는데, 비록 조폭을 상대하는 것이라고 하나, 실전을 한다는 것에 조금은 흥분이 되었다.

군에 있으면서 비밀 작전에 동원되어 실전을 해 보긴 했지만, S1프로젝트에 합류하면서 더 이상 실전을 하지 못했다.

그런데 5년 만에 실전을 하게 되었다.

S1이 해체된다는 소리에 황당하기까지 했었다.

하지만 다행히 S1은 해체가 되었지만, 자신들은 자신들을 떠나갔던 교관님에게 합류하게 되었다.

교관님은 자신들을 버린 것이 아니라 또 다른 극비 프로젝트를 진행하기 위해 자신들의 곁을 떠났던 것이다.

합류해 새로운 임무를 부여받고 섬에서 전직 조폭이란 자들을 교육시켰다.

역시나 그들은 태생을 숨길 수 없는 쓰레기였다.

게으르고 참을성이 없으며 쉽게 흥분하는 그들을 가르쳐야 한다는 소리를 들었을 때는 정말이지 앞날이 깜깜했다.

하지만 '안 되면 되게 하라!' 라는 모토 아래 정신을 차리지 못할 정도로 굴렸다.

반항하는 이들이 나오면 찍소리 못하게 두들겨 팼다.

똑같은 수준으로 그들에게 보다 더 강력한 폭력으로 그들을 길들였다.

아무튼 열심히 가르쳐 지금은 자신의 뒤를 맡길 수 있을 정도로 키웠다.

물론 조금 미흡하긴 하지만 아직 시간은 많으니 그건 나중에 더 가르치면 된다.

오늘은 실전에 들어가는 날이었다.

갑작스럽게 계획되긴 했지만, 상대가 조폭이라고 들었다.

비록 그들이 국내 최고라는 평가를 받는 이들이긴 하지만, 자신들은 이런 일의 스페셜리스트였다.

이들보다 더한 이들을 막기 위해 또는 경계가 철저한 적진에 침투하기 위해 그동안 훈련을 했다.

오늘은 그 종합적인 일을 하게 된다.

눈앞에 보이는 세종빌딩 안에 존재하는 적들을 제압하는 것이 오늘의 목적.

교관님의 명령은 절대적인 것이다.

그리고 오늘 아침 작전에 들어가기 전 타깃에 관한 브리핑을 받았다.

정말이지 하등 필요가 없는 존재들이었다.

어떻게 돈을 위해 어린아이들을 납치해 매매하고, 장기를 적출해 팔아먹을 생각을 하는지 정말로 브리핑을 들을 때 자신도 모르게 욕지기가 올라왔다.

실전을 겪으며 이미 잔인한 장면을 많이 봐 그런 것에 익숙하다 생각했다.

그렇지만 이들의 만행은 듣기만 해도 그런 자신이 욕지기를 느낄 정도로 역겨웠다.

동완은 그렇게 군을 전역하면서 그동안 있던 일들을 생각하다 상념에서 깨어났다.

"동완은 적진에 침투하자마자 내부 전력과 통신 시설을

차단한다. 재원은 팀을 데리고 다시 두 팀으로 나눠 위아래로 적들을 제압한다. 그리고 동완은 임무가 끝나면 빠르게 재원의 팀과 합류하여 저들을 제압한다."

성환은 동완이 오랜만의 실전에 투입되는 것 때문에 생각에 빠져 있을 때, 다시 한 번 오늘 이들이 할 일에 관해 말했다.

혹시라도 실수가 있게 되면 뒷수습을 하는데, 많은 잡음이 생기기 때문에 사전에 준비를 철저히 하는 것이다.

◈　　◈　　◈

"뭐야, 또!"
대범은 화가 머리끝까지 났다.
벌써 몇 번째인지 모른다.
가는 놈마다 상대를 놓쳤다는 보고를 했기 때문이다.
이번에는 그놈이 몸이 날래다는 것을 알고 미리 앞서 나가 잠복하기까지 했었다.
그런데 어떻게 알았는지 잠복해 있는 곳에는 접근도 하지 않고 다른 곳으로 사라졌다는 것이다.
"병신 같은 새끼들! 너희는 밥이 아깝다, 아까워!"
정말이지 고개를 숙이고 있는 부하들을 보고 있자니 이들이 먹는 밥값이 정말로 아깝다는 생각이 들었다.

어떻게 10명이나 되는 인원이 한 명을 감시하지 못하고 번번이 놓치는 것인지 어이가 없었다.

한참 부하들을 훈계하고 있을 때, 사무실 등이 나가고 갑자기 창이 깨지며 누군가 들어왔다.

쨍그랑!

"뭐, 뭐야!"

느닷없이 창문이 깨지며 검은 옷을 입은 사람들이 사무실로 침투를 했다.

비록 조명이 꺼져 그들의 얼굴을 확인할 수는 없지만 밖의 조명으로 흐릿하게 그들이 사람이라는 것을 알 수 있었다.

자신들의 사무실에 갑자기 침입자가 생긴 것에 당황하여 어떤 행동도 하지 못했다.

그렇지만 대범파의 조직원들이 당황하건 말건 사무실로 침투한 검은 복면의 괴한들은 순식간에 이들에게 짓쳐 들었다.

아무런 말도 없이 빠르게 접근하는 괴한들로 인해 대범파의 보스인 김대범이나 그의 부하들은 지금 상황을 인지하지 못하고 그저 자신들에게 다가오는 이들의 모습을 지켜만 보았다.

국내 최고 조직이란 명색이 무색하게 이들은 침입자에게 너무도 무력한 모습을 보이고 있었다.

재원과 함께 세종빌딩 옥상에 침투한 성환은 팀을 나눠 세종빌딩 내부로 침투를 하였다.

한 팀은 창을 통해 침투하기 위해 옥상에 로프를 설치하고, 또 한 팀은 계단을 통해 내려갔다.

동완이 이끄는 2팀이 빌딩 전원을 끄는 것을 신호로 창을 깨고 사무실로 침투를 했다.

창을 깨도 들어가니 일단의 남자들이 모여 있는 것이 눈에 보였다.

비록 조명이 꺼져 어두운 실내였지만, 성환의 눈에는 이들의 모습이 환하게 보였다.

어둠도 성환의 눈을 방해하지 못했다.

속전속결.

성환은 번개같이 이들의 앞으로 뛰어들어 한 명, 한 명 제압을 했다.

성환이 움직이자 재원도 움직이고 또 함께 침투한 이들도 움직이기 시작했다.

사무실에 있던 이들을 빠르게 제압한 성환은 간단하게 수신호를 보내고 다시 사무실을 빠져나갔다.

성환의 수신호를 받은 재원은 뒤에 있는 이들에게 빠르게 지시를 내리고 자신도 성환의 뒤를 따랐다.

"묶어 둬!"

재원의 지시를 받은 2명이 준비된 케이블 타이로 쓰러진 김대범과 깡패들을 묶었다.

쓰러진 깡패들을 모두 묶은 두 사람도 인기척이 느껴지는 곳으로 빠르게 달려갔다.

이들이 오늘 맡은 임무는 앞서 성환과 재원 등 자신의 동료들이 제압한 깡패들을 묶는 것이었다.

한편 실내의 조명이 꺼지자 당황하던 조폭들은 자신들도 모르는 사이 KSS경호의 직원들에게 제압이 되었다.

비록 세종빌딩이 대범파가 본거지로 쓰는 건물이긴 하지만 15층으로 이루어진 이 빌딩 전부를 사용하는 것은 아니었다.

11층에서 15층, 5개 층을 대범파가 사용하고 나머지 층은 사무실로 임대를 주고 있었다.

그러니 성환과 동원된 KSS경호의 직원들이 대범파를 제압하는 시간은 그리 오래 걸리지 않았다.

국내 최고의 조직이라고 보기엔 너무도 쉽게 무너져 버렸다.

물론 이들을 제압한 것이 대한민국 최고의 비밀 부대에 있던 이들이고, 또 그들이 가르친 이들이니 어쩌면 당연한 일일지도 몰랐다.

비록 완편된 인원은 아니지만, 하나의 팀과 그들이 조련한 특수부대에 못지않은 20명의 인원이 동원이 된 것이니 당연하다고 볼 수도 있었다.

아무튼 대범파를 제압하는 것은 순식간에 별다른 잡음 없이 끝났다.

대범파의 조직원들을 모두 제압하기까지 작전 시간으로 15분이 걸리지 않았다.

빌딩에 불이 꺼지고 다시 켜지기까지 몇 분 걸리지 않았지만, 초기 대응을 하지 못한 대범파는 너무도 쉽게 무너졌다.

한편 밖에서 대기하고 있던 진혁은 성환에게로부터 전화가 걸려 오자 속으로 너무도 놀랐다.

자신과 헤어진 지 얼마나 지났다고 벌써 일이 끝났다는 연락이 온 때문이다.

9.
삼합회의 개입

대검찰청 특수부는 밤새 날아온 정보 때문에 비상이 걸렸다.

아니, 특수부뿐만 아니라 공안부는 물론 수사부까지 모두 초비상이 걸렸다.

검찰이 이렇게 비상이 걸린 데에는 서울의 밤을 지배하는 조직의 세력에 변화가 생겼기 때문이다.

각 조직에 정보원을 침투시켜 놓았던 검경은 이전부터 강남에 자리한 만수파가 이상하다는 징후를 포착하고 있었다.

그런 보고가 있더라도 내부 사정을 잘 알고 있던 터라 그리 비중을 두지 않았다.

하지만 어젯밤 들려온 소식으로 인해 그렇게 맘 놓고 있을 수만 없게 되었다.

그동안 총선 때문에 그쪽으로만 신경을 쓰고 있었는데, 조폭들이 이렇게 급작스럽게 움직일 줄은 정말로 몰랐다.

예전에는 총선이나 대선 같이 국민의 관심을 끄는 선거철에는 행동을 자제했었는데, 이번 만수파는 그렇지 않았다.

총선을 며칠 앞두고 이렇게 전격적으로 움직일 줄은 어느 누구도 생각지 못했기에 정말이지 허를 찔린 느낌이었다.

"어떻게 됐어?"

"아직 다른 보고가 올라온 것이 없습니다."

"아니 지금이 어느 땐데 아직도 그러고 있어? 나가서 알아와!"

중앙지검의 차장 검사인 한도균은 지금 검찰총장에게 깨지고 들어와 부하 검사들을 불러 놓고 훈계를 하고 있었다.

어떻게 조폭이 그렇게 세력을 넓히고 있는데 아무도 눈치를 챈 사람이 없었는지 눈을 부라리며 아랫사람을 쪼고 있다.

하지만 이건 전적으로 그가 자처한 일이기도 했다.

아니, 한도균뿐 아니라 지금 그에게 깨지고 있는 부장검사나 부부장검사들 모두 같은 입장이었다.

권력을 가진 집단들의 특징이 바로 복지부동이다.

상명하복의 수직적 구조이다 보니 누구하나 책임지려는

사람들이 없다.

그러다 보니 밑에서 올라오는 변화에 민감하게 반응을 한다.

좋은 측면의 반응이 아닌 변화를 두려워하는 구태의연한 반응들이다.

권력에 편승해 자신의 영달을 위해 관심을 가지고 다른 일에 관해선 등한시하였다.

분명 밑에서 만수파의 이상 조짐을 보고를 했다.

그렇지만 그런 보고는 사전에 차단이 되어 위로 올라가지 못했다.

총선이 가까운 때, 괜히 조폭들의 소식이 알려지게 되면 분위기를 망친다는 생각 때문이었다.

현 정부 여당의 국정 운영 능력에 대해 많은 사람들이 회의를 느끼고 있는 때, 조폭이 날뛴다는 소식이 알려지게 되면 그나마 흔들리는 표심에 기름을 붓는 경우가 되기에 알아서 차단을 한 것이다.

그런데 이렇게 일이 커질 줄은 이들은 꿈에도 몰랐다.

만수파가 진원파를 흡수했다는 소식이 들어왔을 때도 어차피 둘 다 강남에 위치한 조직들이니 그러려니 했다.

특히나 만수파나 진원파나 두 조직의 보스들이 가까운 사이였으니 통합이 되더라도 그러려니 했었다.

또 통합된 만수파가 서초의 백곰파와 분쟁이 벌어졌을

때도 검경은 그저 작은 싸움으로 취급하고 그리 신경 쓰지 않았다.

물론 두 조직이 보기보다 큰 싸움을 했지만, 최진혁의 작전으로 백곰파가 운영하는 가게들의 영업시간이 아닌 시간대에 싸움을 벌였기에 민간인 피해가 없다 보니 보다 작게 알려졌다.

그런 종합적인 문제로 경찰이나 검찰에서도 그리 신경 쓰지 않았다.

그들에게는 이들의 싸움보다 신경 써야 할 민생 치안이 더 많았기에 만수파의 움직임을 신경 쓰는 사람은 없었다.

어차피 조폭들이란 원래 그런 종자들이라 생각하기 때문이다.

아무튼 그렇게 일부러 신경을 쓰지 않았던 눈을 감고 있던 사건이 이젠 눈덩이처럼 불어나 감당을 할 수 없을 정도로 커져 버렸다.

뒤늦게 수습을 해 보려고 수사팀을 꾸리려 했지만, 만수파의 반격도 만만치 않았다.

대한민국 공권력에 정면으로 대응을 했던 것이다.

"그럼 그자는 지금 뭐하고 있어?"

"그게 변호사를 통해서만 답변을 하고 있어, 어떤 말도 들을 수 없는 상황입니다."

현재 검찰에서는 만수파의 두목으로 알려진 최진혁을 소

환하였는데, 최진혁은 검찰이 부르기 전 이미 자신의 변호사를 대동하고 검찰에 출두를 했다.

현대의 조폭은 옛날 근대의 무식쟁이들이 아니었다.

법이란 것을 알고, 그것을 휘두를 줄 아는 엘리트들이었다.

물론 아직도 폭력이 최고라 생각하는 이들이 없는 것은 아니지만, 그런 이들은 절대로 위로 올라갈 수 없었다.

물론 그런 이들도 간부가 될 수는 있다.

하지만 폭력을 앞세운 이들의 말로는 총알받이, 그 이상도 이하도 아니다.

그저 머리 좋은 놈의 지시에 이리저리 휘둘리다 한계에 부딪혀 그 세계를 떠나는 것이 그들의 운명이었다.

그렇지만 최진혁은 아니었다.

조폭 두목을 아버지로 두고 대학까지 나왔다.

뿐만 아니라 특전사에서 일반인이 배우지 못하는 여러 가지를 배웠다.

그중에서 심리전도 있었는데, 이것은 진혁이 사회에 나와서도 아주 유용하게 써먹고 있었다.

자신이 유리할 때와 불리할 때 어떻게 행동을 해야 상대로 하여금 빈틈을 만들어 낼 수 있는지 잘 알고 있기에 진혁은 자신이 두목으로 있는 만수파가 이미 감출 수 없을 정도로 커졌다는 것을 생각해 미리 검찰의 출두 요구를 대비했다.

사실 만수파 아니, 성환이 대범파를 접수한 지도 벌써 일주일이 흘렀다.

그렇지만 그런 소식이 검찰이나 경찰에 들어간 것은 바로 어젯밤이었다.

그 말은 누군가 일부러 흘렸다는 소리나 마찬가지였다.

어떻게 그런 소식이 일주일이나 뒤늦게 알려질 수가 있단 말인가?

바로 외부로 알려지거나 아니면 만수파의 통제가 약해졌을 때나 알려져야 할 내용이 딱 일주일 만에 알려진 것이다.

◈　◈　◈

"김대범 씨는 어디에 있습니까?"

취조실로 보이는 밀실에 테이블 하나를 사이에 두고 검사로 보이는 남자가 진혁에게 질문을 하고 있었다.

"그것을 왜 저에게 묻는 거요?"

하지만 진혁에게서 들려온 대답은 핀잔뿐이었다.

"아니, 그럼 누구에게 묻는단 말입니까? 지금 최진혁 씨가 차지하고 있는 빌딩이 대범파의 것이란 것은 다 알고 있는데!"

"그게 어떻다는 겁니까? 그건 내가 정당하게 구입한 물건인데!"

"잠시만, 검사님 지금 뭐하시는 겁니까? 지금 제 의뢰인을 지금 범죄인 취급을 하시는 겁니까? 범죄에 관한 어떤 증거라도 있다면 지금 이 자리에서 보여 주시기 바랍니다. 그렇지 않고 김대범 씨 실종에 관해 참고인 조사의 범주를 넘어선 질문을 한다면 저도 이를 그냥 두고 보지 않겠습니다."

지금 최진혁이 검찰에 불려 온 것은 다른 죄목이 있어 그런 것이 아닌, 대범파의 두목인 김대범 및 그의 부하들이 실종된 것에 대한 참고인 조사차 부른 것이다.

그들은 진혁이 알지 못한 곳으로 끌려간 상태이다.

일주일 전 성환은 세종빌딩에 침투해 안에 있던 대범파의 조직원들을 모두 제압을 했다.

그리고 어디론가 끌고 갔다.

또 어떻게 했는지 모르지만 3일 뒤 진혁에게 대범파가 가지고 있던 모든 사업권과 재산에 관해 양도 서류가 도착을 했다.

물론 일부 품목은 빠져 있었지만 말이다.

진혁은 전해진 서류를 가지고 변호사를 통해 합법적으로 사업권과 부동산을 인수했다.

그러다 보니 검찰에서는 실종된 김대범을 찾는다는 명목 아래 진혁을 참고인 조사를 하기 위해 부른 것이다.

분명 대범파의 두목 김대범의 실종과 대범파 간부들의 실종에 최진혁이 관여했다는 심증은 있지만 물증이 없다 보니 검사도 더 이상 어쩌지 못하고 있었다.

결국 최진혁에 대한 참고인 조사는 몇 시간 걸리지 않고 끝났다.

❖　　❖　　❖

만수파의 확장은 검찰뿐 아니라 많은 곳에서 관심을 가졌다.

특히나 만수파가 대범파의 구역까지 진출한 것에 인근 조직에서도 긴장을 하며 최진혁의 다음 행보를 지켜보고 있었다.

TV에서도 그동안 연일 총선에 관한 내용이 주를 이루었다면, 어제부턴 만수파의 일 때문에 연신 시끄러웠다.

그동안 기사거리가 적어 스트레스를 받던 기자들은 연신 만수파에 관한 사건을 과장되게 내보냈다.

촤악!

"진! 만수파라고 알고 있나?"

"무슨 일 때문에 그러십니까?"

"넌 뉴스도 안 보나?"

"그게 무슨……."

진이라 불린 남자는 얼른 자신의 두목이 내려놓은 신문을 들었다.

도대체 무엇 때문에 자신에게 이런 말을 하는 것인지 알지 못했기 때문이다.

그런데 사회면에 이상한 기사가 실렸다.

그건 바로 대범파의 두목과 조직원들의 실종에 관한 기사였다.

뿐만 아니라 그들의 구역을 강남의 만수파가 차지했다는 내용이었다.

이런 내용을 확인한 진은 너무 놀랐다.

자신이 파악하기로 대한민국에서 대범파를 상대로 소문도 없이 이런 일을 벌일 만한 조직이 없었기 때문이다.

아니, 대한민국은 물론이고, 자신이 있는 조직도 그러지 못한다.

사실 사람들은 자신들 조직을 삼합회 또는 트라이어드라는 이름으로 부른다.

하지만 이는 조금은 잘못된 생각인데, 삼합회라는 것은 중국인들로 구성된 흑사회(黑社會)를 통틀어 말하는 것이다.

즉 하나의 조직이 아니 중국의 수많은 조직을 통틀어 일컫는 말이다.

그 정점에 있는 거대 방파가 세 곳이기에 그리 부르는 것이다.

아무튼 자신들 금련방과 거래를 하는 대범파가 사라졌다는 것은 무척이나 심각한 문제였다.

자신들은 그들을 통해 마약과 여자 그리고 장기를 밀매하고 있었다.

그런데 그런 판매 루트가 사라진 것이다.

"아니, 어떻게?"

"넌 아직도 상황을 파악하지 못하고 있나?"

"아닙니다. 어떻게 된 일인지 바로 알아보겠습니다."

진은 얼른 두목에게 고개를 숙이고 자신의 실수를 고했다.

"빨리 알아봐! 특히 김대범이 어떻게 된 것인지 알아보고."

"알겠습니다."

사무실에서 나온 진이라 불린 남자는 건물 입구에서 빈둥거리는 사내 몇에게 손짓을 하며 앞으로 걸어갔다.

진의 손짓을 받은 남자들은 얼른 하던 것을 멈추고 그의 곁으로 따라붙었다.

◈　　◈　　◈

성환이 대범파를 상대로 일을 벌인 것 때문에 많은 곳에서 사라진 대범파의 두목과 조직원들을 찾기 위해 분주히 움직였다.

그리고 그런 움직임을 보이는 것 중에서 국내 100위 안에 들어가는 대기업도 마찬가지였다.

"사장님! 문제가 생겼습니다."

"뭔가?"

서양건설 이세건 사장은 업무를 보다 말고 들어와 문제가 생겼다는 김상수의 말에 인상을 찡그리며 물었다.

또 어떤 사업장에서 쟁의가 발생한 것은 아닌지 인상이 찌푸려졌다.

요즘 건설 경기가 좋지 않다 보니 자금 흐름이 원활하지 못했다.

그래서 협력 업체에 줘야 할 대금을 기간이 6개월이나 되는 어음으로 발행을 했다.

물론 원칙적으로는 서양건설이 서양그룹 계열이다 보니 자금 운영에 이렇게 심각하게 타격을 받을 일이 없었지만, 총선을 앞두고 정치권에 정치 자금을 주기 위해 비자금을 조성하다 보니 이렇게 한동안 동맥 경하가 된 것처럼 자금이 말라 버렸다.

그래서 어쩔 수 없이 장기 어음을 끊어 줄 수밖에 없었다.

이 때문에 전국에 있는 현장에서 불만의 목소리가 올라오고 있었다.

그렇다고 이세건이 눈 하나 깜빡이는 것은 아니었다.

어차피 전국에 자신들의 공사를 할 업체들은 많아 불만

이 있는 업체는 현장에서 퇴출을 시키면 간단한 일이었다.

그런데 이렇게 다급하게 자신의 집무실에 들어온 김상수 전무를 보며 의아한 표정을 지었다.

"뭔가 문제라는 것입니까?"

조금 전 다급하게 들어온 것 때문에 놀라 반말을 했던 것을 만회라도 하려는 듯 얼른 말을 바꿔 무슨 문제가 발생을 하였는지 다시 물었다.

그런 이세건의 모습에 김상수는 신문을 그의 앞에 펼쳐 보였다.

그가 보여 주는 신문을 잠시 일별한 세건은 다시 고개를 들어 김상수를 쳐다보았다.

지금 김상수 전무가 자신에게 무슨 말을 하기 위해 신문을 보여 주는 것인지 알 수가 없어 그런 것이다.

"이걸 왜 보여 주는 것이오?"

"실은 전에 사장님께서 지시한 것을 이자들에게 의뢰를 했었습니다."

자신의 질문에 김상수 전무가 대답을 하자, 전에 자신이 김상수 전무에게 했던 지시가 뭐가 있는지 생각해 보았다.

한참을 생각하다, 자신의 아들 문제로 김상수 전무에게 했던 지시가 생각이 났다.

"……그럼?"

"예, 아무래도 당한 것 같습니다."

"음……."

자신이 지시한 것을 이행하기 위해 의뢰를 했는데, 그들이 이렇게 된 것이 상대에게 당한 것 같다는 김상수 전무의 말에 작게 신음을 흘렸다.

이세건이 이렇게 신음을 흘리는 것에는 전에 김병두 의원에게 들었던 것이 오버랩 되었기 때문이다.

이제는 만수파에 흡수가 된 진원파의 두목인 이진원이 어떻게 죽었는지 자세히 들었기 때문에 더욱 그랬다.

"여기 나와 있는 것을 보면, 아무래도 만수파와 그자 간에 뭔가 있는 것 같습니다."

김상수는 신문에 대범파의 구역을 만수파가 차지한 것으로 나와 있는 것을 보며 성환과 만수파가 뭔가 연관이 있다고 판단을 했다.

하지만 이 말을 듣고 있던 이세건은 그 말에 반대 의견을 냈다.

"그건 아닐 것입니다."

"그게 무슨 말씀이십니까? 여기 기사를 보면, 실종된 대범파의 구역이나 영업권을 만수파가 차지했다고 나옵니다."

김상수는 조폭의 세계에 관해 잘 알고 있기에 그런 것을 토대로 이세건에게 성환과 만수파의 관계에 관해 설명을 했지만, 만수파의 두목이었던 최만수와 성환의 관계를 알고 있는 이세건으로서는 그 말을 받아들일 수가 없었다.

최만수의 죽음과 연관이 있을 것으로 생각되는 성환, 그리고 현 만수파 두목인 최진혁의 동생인 최종혁과의 관계를 생각하면 절대로 그 둘은 조합이 될 수가 없다.

그러니 이세건은 김상수 전무의 말을 끊고 성환과 만수파의 관계에 관해 간략하게 설명을 해 주며 다른 방향으로 알아보라는 지시를 내렸다.

"이건 내 얼굴에 침 뱉는 말이지만, 김 전무도 작년 이맘때 있었던 찬이의 일 기억하겠지요? 당시⋯⋯."

당시 사건을 벌였던 일당들의 면면과 피해자, 그리고 피해자의 가족인 성환에 관한 이야기를 모두 들은 김상수도 조금 전 자신이 생각했던 것에 오류가 있음을 깨달았다.

하지만 이들은 설마 그런 것을 떠나 성환이 최진혁과 손을 잡았을 것이라고는 생각을 못했다.

처음 김상수가 생각한 단순한 생각이 맞는다는 것을 알지 못했다.

이게 바로 아는 것이 병이라는 말이 꼭 들어맞는 순간이었다.

사정을 모르는 김상수가 보기에 처음 그의 생각이 맞는 정황 판단이었는데, 둘의 관계를 듣고는 그게 맞는 상황이 아니기에 자신의 판단을 철회하게 되었다.

물론 이게 정상적인 상황이지만, 성환과 진혁의 관계가 정상적인 관계가 아니라는 것을 이들은 놓쳤다.

"그럼 다른 쪽으로 다시 한 번 알아보겠습니다."

"그래 주십시오. 참! 그년은 어떻게……?"

목적어가 빠졌지만, 이세건이 말하는 그년이 누군지 김상수도 잘 알기에 그에 대한 답을 했다.

"아무래도 그건 힘들 것 같습니다."

"힘들다?"

"예, 사실 몇 번 기회가 있어 시도를 해 보았는데, 모두 실패를 했습니다."

세건은 몇 번 수진에 대한 암살 시도가 있었는데, 실패를 했다는 말에 눈을 동그랗게 뜨며 물었다.

아니, 이제 겨우 18살뿐이 되지 않은 어린 여자아이 하나 처리하는데, 몇 번을 시도해서 다 실패를 했다는 말에 이세건은 납득이 가지 않아 다시 물었다.

"실패? 어째서?"

"현지 직원의 말에 따르면 아무래도 그년을 경호하는 사람이 저희가 알고 있는 인원보다 많은 듯합니다. 그것도 일반적인 경호원이 아니라, 뭔가 특별한 능력을 가지고 있는지 파악도 되지 않은 사람이랍니다."

자신이 듣기론 특수부대를 나온 여자가 함께 생활을 하며 보호를 하고 있다고 들었다.

그런데 그보다 많은 사람이 수진을 보호하고 있으면 아직 얼마나 되고 또 어떤 능력을 가지고 있는지 파악도 되지 않았다는 말에 덜컥 겁이 나기 시작했다.

정말이지 그들과 연관된 일 중에 제대로 된 일이 하나도 없었다.

아들의 일이나 보복을 위해 청부를 한 일 등, 모든 일이 뭔가에 막혔다.

"음, 일단 그 일은 중단하고 우선 여기 일 먼저 알아보도록 해요."

"알겠습니다."

세건은 뭔가 알지 못하는 불가항력적인 뭔가가 자신을 방해한다고 생각했다.

그동안 정말이지 하는 일마다 승승장구했는데, 작년 아들인 병찬이 일을 벌이고부터 꼬였다.

그 일과 관련해 자신이 계획한 대로 풀린 것이 없다는 생각에 세건은 가슴이 답답해졌다.

그러면서 책상 위에 놓여 있는 신문지에 크게 써진 '대범파 두목과 간부들의 실종'이란 글이 눈에 들어왔다.

◈　　◈　　◈

우웅! 퉁퉁퉁! 철썩! 철썩! 쫘!

성환과 KSS직원들이 탄 배가 바다를 항해하고 있었다.

"교관님! 모두 단단히 묶어 두었습니다."

"알았다. 너도 들어가서 쉬어!"

"알겠습니다."

재원이 선수에 서있는 성환의 곁으로 다가와 보고를 했다.

이들이 탄 배는 늦은 시간에 섬을 향해 나가고 있었는데, 선장은 전혀 이상하게 생각하지 않았다.

선장이 성환과 이들을 이상하게 생각하지 않은 것은 사전에 자신들이 대한민국 군인이라고 알렸기 때문이다.

물론 성환과 이들의 신분은 군인이 아니다.

하지만 전에 미군들을 섬에 데려가면서 이를 이상하게 생각하는 선장에게 성환은 자신들의 신분이 대한민국 군인들 중에서 특수부대원이라 부대의 모든 것이 비밀이라고 알렸다.

이런 일이 조금은 이상하게 들릴 것이지만 예전에도 이런 일이 있었기에 선장은 그렇게 성환의 말을 생각했다.

성환은 혹시나 모를 일을 대비해 자신의 동기인 최세창 중령까지 동원했다.

최세창 중령도 성환이나 그가 하는 일이 외부에 알려져 좋은 것이 없다는 판단에 그 일에 협조를 했다.

섬을 구입하는 것에서부터 이렇게 잡음이 나오지 않게 하기 위해 뒷수습까지 나섰다.

그래서 지금도 일단의 인물들이 포박이 된 상태로 배에

오르고 있었지만, 선장은 그들을 간첩으로 생각하고 있었다.

성환이 그렇게 이야기를 했기에 그대로 믿었다.

대한민국 장교가 성환과 이들의 신분을 증명했기에 그의 말을 믿고, 어창에 감금되어 있는 이들이 그대로 간첩이라 생각하고는 그쪽으로 고개도 돌리지 않았다.

선장은 사실 북한이라면 치를 떠는 사람이었다.

그가 원래 살던 곳은 인천이 아닌 북한과 가까운 연평도였다.

그곳에서 꽃게잡이로 생계를 유지하던 그가 인천에서 낚시 배를 운영하게 된 것에는 사연이 있었다.

2010년 말에 있던 북한의 연평도 포격으로 인해 피해를 입고 인천으로 이사를 왔다.

수시로 비상이 걸리는 통에 삶을 영유하기가 어려웠기 때문이다.

꽃게잡이나 물고기를 잡기 위해 바다에 나가면 언제 납치될지 모른다는 긴장감도, 또 집에 있을 땐 수시로 울려대는 사이렌으로 대피소에 몇 시간씩 머무는 것은 참으로 고역이었다.

그래서 인천으로 이사를 했다.

하지만 인천으로 이사를 해 안심은 되었지만, 또 다른 문제에 직면했다.

일을 할 수 없는 것이었다.

가장인 자신이 돈을 벌어야 가족들이 생계를 유지하는데, 가진 기술이라고는 배를 몰고 고기를 잡고 하는 어부의 일 뿐, 하나 인천에서는 그런 일을 할 수가 없었다.

그래서 궁리 끝에 이렇게 낚시 배를 운영하게 되었다.

이것도 모두 빚을 내 배를 운영하는 것이다.

처음부터 배를 운영한 것이 아니라 처음에는 선주 밑에 서 일당을 받고 배를 몰았다.

그러다 돈이 모이자 여기저기 돈을 꿔 자신의 배를 장만 하고, 어부 시절 알아 두었던 포인트에 낚시꾼을 데려다 주 며 돈을 모았다.

그렇게 힘들게 돈을 벌어 가족을 먹여 살리고, 또 여분의 배를 구입하였다.

지금은 5척의 배를 가진 선주가 되었고, 각 배의 선장들 은 연평도에 살던 자신의 친척들을 불러 들여 작은 낚시 가 게를 함께 운영을 하고 있다.

아무튼 이렇게 북한 때문에 고생을 했던 선장이라 간첩 이란 말에 치를 떨었다.

하지만 어창에 있는 이들의 정체는 간첩이 아닌 조폭들 이었다.

성환은 세종빌딩에 침투해 대범파의 두목인 박대범과 빌 딩 내에 있던 간부들과 조직원들 전원을 잡아 섬으로 데려 갔다.

그리고 그들을 취조해 그들이 가진 재산이라 사업권 등 불법으로 벌어들인 것의 포기 각서와 양도증을 확보했다.

뿐만 아니라 이들을 취조하면서 자신의 뒤를 캐려고 한 배경도 알게 되었다.

그러다 보니 자신을 감시하던 또 다른 조직에 관해 생각이 미치자 성환은 그대로 KSS특별경호팀과 수료자들을 그냥 섬으로 데려가기보단 이대로 여세를 몰아 동대문파와 중간에 손을 대다 만 신호남파를 이참에 정리하기로 마음을 먹고 일을 벌였다.

그리고 지금 어창에 감금되어 있는 이들이 바로 그들이다.

두 조직의 두목과 간부들이 죄 잡혀 온 것이다.

아무리 악으로 뭉친 조폭들이라고 하지만 KSS경호의 특별경호팀과 수료자들을 감당할 수는 없었다.

이미 대범파를 처리하면서 실전을 겪은 이들의 행동은 전보다 더 일사분란하게 움직였다.

움직임에 망설임이 사라지고 손을 씀에 주저함이 없었다.

혼자서 감당이 되는 자들은 혼자서 처리를 하고, 혼자서 힘에 붙인다 싶으면 두 명이서 제압을 했다.

솔직히 혼자서 감당하지 못할 정도는 아니지만, 이들은 보다 효율적으로 일을 처리하기 위해 2인 또는 3인이 협조를 하여 적들을 제압했다.

피해 없이 제압을 하는 것은 그냥 싸워 이기는 것 보다 배는 더 힘든 일이다.

두 사람 간에 실력 차이가 명확해야 그런 결과를 얻을 수 있는 일인데, 이들은 깡패들을 상대로 너무도 쉽게 그런 일을 해냈다.

성환은 방금 전 재원의 보고를 듣고 어두운 밤바다에 시선을 고정하며 생각에 잠겼다.

두 조직을 마저 처리함으로써 성환은 서울의 밤을 지배하는 세력들 중 절반에 해당하는 지역을 수중에 넣었다.

하지만 성환이 제압한 지역은 어떻게 보면 그 이상이라 봐도 무방할 곳들이었다.

대범파가 차지하고 있던 명동이나 동대문은 물론이고, 송파와 강남 그리고 관악까지 하면 서울의 퍼져 있는 조직들의 2/3을 차지한 것이나 마찬가지였다.

그만큼 성환이 정리한 지역이 가지는 의미가 컸다.

구역을 적절히 분배하고 직위에 맞는 사람을 자리에 앉히기만 하면 감히 자신에게 대적할 사람이 없을 정도의 어마어마한 세력이 만들어지는 것이다

물론 그러게 되기까지는 조금 더 시간이 필요했다.

그런 시간을 벌기 위해 성환은 이렇게 귀찮은 일을 하고 있지 않은가?

각 조직의 두목과 간부들을 섬으로 데려가 그들이 가진 것을 모두 뺏을 작정이다.

이게 어떻게 비춰질지는 모르겠지만, 어차피 이들도 다른 누군가의 것을 강제로 뺏은 것이니 그리 억울하지는 않을 것이다.

"진혁이냐?"

성환은 진혁에게 전화를 걸었다.

"동대문과 신호남파도 정리를 했으니 작두와 백곰에게 말해서 정리해라."

성환은 진혁에게 연락을 해 두 곳을 마무리하라는 지시를 내렸다.

그 두 사람은 그만한 역량이 있으니 충분히 두 지역을 잘 마무리할 수 있을 것으로 판단을 했다.

진원파 출신으로 전국에 이름이 알려진 작두나, 중심은 아니지만 서울의 한 지역을 차지했던 백곰 우형준이라면 충분히 신호남파가 차지했던 송파를 잡음 없이 정리가 가능할 것으로 보았다.

진원파나 백곰파를 쳤을 때, 두 사람을 남겨 두길 성환은 잘했다는 생각이 들었다.

깡패이긴 하지만 그래도 조금만 손을 본다면 쓸 만한 인간으로 만들 수 있다는 생각에 그들을 두었다.

원래의 삼청 프로젝트 내에서라면 그들도 처리 대상이었

겠지만, 자신이 가지고 있는 인재가 드물었기에 어쩔 수 없이 깡패들 중에서 쓸 만한 옥석을 가려야만 했다.

그래서 진원파에서는 작두를 비롯한 몇몇 간부가 남았고, 백곰파에서는 조금 많은 이들이 남게 되었다.

세력이 작다 보니 성환이 처리해야 할 정도로 악행을 행한 자들이 없었기 때문이기도 했다.

성환이 그동안 조폭들을 정리하면서 깨달은 것은, 거대 조직일수록 구린 짓을 많이 했다는 것이었다.

그것을 깨달은 성환은 이후로 좀 더 이들을 통제할 계획을 세웠다.

그리고 섬에서의 교육도 KSS경호의 직원으로 그칠 것이 아니라, 조금은 강도를 줄이더라도 자신의 수중에 들어온 조직원들 모두를 섬에 순환해 교육을 시킬 생각을 하였다.

삼청 프로젝트의 기본 골격은 그대로 두고, 진행을 하면서 보완을 하는 것이다.

조직폭력배들의 갱생 프로젝트를 첨가하는 생각이다.

이전 세창과 자신이 세웠던 계획에는 그저 조폭들을 힘으로 지배하는 것에 있었다면, 성환은 그것에서 더 나아가 그들이 쓸모없는 존재가 아닌, 어쩔 수 없는 필요악의 존재로 만들려는 것이다.

어차피 조폭이 인간 사회에서 사라질 수는 없다는 것을

너무도 잘 알고 있기 때문이다.

자신이 조폭들을 몰아낸다고 해도 그들의 빈자리를 새로운 조직이 들어올 것이란 사실을 너무도 잘 알기에 그렇게 두기보다도 차라리 자신의 통제 아래 두기로 한 것이다.

그렇게 함으로써 인신매매와 장기 밀매 같은 반인륜적인 조직을 이 땅에서 사라지게 만들기 위해서다.

◈　　◈　　◈

진은 그동안 자신들과 거래를 하던 대범파를 축출한 만수파에 관해 조사를 했다.

그리고 그가 내린 결론은 만수파의 뒤에 거대 세력이 있다는 결론을 내리게 되었다.

"대형, 아무래도 만수파 뒤에 거대 세력이 있는 것 같습니다."

"거대 세력?"

"예, 제가 조사한 바로는 절대로 만수파만으로는 대범파를 어찌지 못합니다. 그런데 이렇게 갑자기 대범파가 사라졌다는 것은 저희가 알지 못하는 거대 세력이 있다고밖에 판단할 수가 없습니다."

금련방 한국 지부장인 권문갑은 진의 보고에 인상을 찡

그렸다.

자신들이 한국에서 자리를 잡기 위해 대범파와 손을 잡고 얼마나 많은 지원을 해 주었던가.

그들을 지원을 해 주면서 그들이 한국에서 가장 강력한 조직으로 자리를 잡자 자신들도 한국에 터를 마련할 수 있었다.

그전에는 한국 조직들의 교묘한 방해로 자리를 잡을 수가 없었다.

한국이란 나라는 참으로 특이한 나라다.

물론 어느 나라나 텃세라는 것이 있다.

하지만 한국이란 나라는 그것이 유독 심했다.

아무래도 고대부터 외침을 많이 당했던 나라이고, 또 오래전 일본의 식민지가 되었던 과거의 전례가 있다 보니 그런 것으로 파악되었다.

그래서 그런지 한국에 지부를 건립하려고 할 때 한국의 조직들의 방해가 무척이나 심했다.

생각 같아서는 본 국에 있는 조직원 전부를 데려다 쓸어버리고 싶었지만, 한국은 총기 규제가 심했고, 외국인의 범죄에 그리 관대하지 못했다.

물론 인권이란 미명 아래 심한 처벌을 하진 않지만, 단속이 심하기에 자신들의 활동이 위축될 수밖에 없다.

아무튼 힘들게 한국에 자리를 잡고 또 거대 대상 또한 만들었는데, 시간과 엄청난 돈을 들였던 거래 대상이 사라졌다.

물론 새로운 대상을 찾으면 될 문제지만, 그동안 물건을 팔지 못해 떠안아야 할 손해가 엄청났다.

잘못하다간 지부장인 자신의 목이 달아날 수도 있는 문제였다.

한국 시장은 그 어느 곳 보다도 중요했다.

말로는 고상한 척을 다하지만, 자신들의 보신을 위해 한국인들은 어떤 수단도 가리지 않는다.

특히나 큰 병이 들어 장기이식이 필요한 때면 물불을 가리지 않는다.

그렇기에 한국 시장은 자신들 금련방에 아주 중요한 시장이다.

다른 어느 나라보다도 이들에게서 벌어들인 수입이 월등하기 때문이다.

그런데 그 공급과 판매처 역할을 하던 대범파가 사라졌으니, 그 책임을 권문갑 자신이 질 수밖에 없게 되었다.

물론 대범파가 사라진 것이 자신의 잘못은 아니다.

그렇지만 자신의 경쟁자들은 그렇게 생각지 않을 것이다.

모든 것이 돈으로 귀결이 되는 것이 현대사회다.

조직에 손해를 끼쳤다면 그 책임을 져야만 한다.

자신도 자신의 경쟁자에게 이런 일이 벌어진다면 그렇게

할 것이기 때문에 현재 자신이 처한 상황이 얼마나 급한지 너무도 잘 알고 있다.

"그럼 그것에 대해선 어떻게 되었나?"

"그게, 모두 사라져…… 포기해야 할 것 같습니다."

권문갑은 대범파에게 희귀 혈액형을 가진 사람을 공급받기로 했다.

본토의 누군가 장기이식이 필요한데, 하필 희귀 혈액형을 가지고 있어 맞는 장기가 없었다.

중국에도 많은 불법 장기 밀매 조직이 있다.

하지만 중국인 중에선 무척이나 드문 혈액형이라 중국에서 구입하기 힘들어 한국에서 구하기로 하고 이를 대범파에 의뢰를 했다.

그리고 곧 좋은 소식이 있을 것이란 연락을 받았는데, 그들이 실종이 된 것이다.

그 때문에 더욱 애가 타는 권문갑이었다.

만약 그 일만 해결이 되었다면 손해를 보더라도 자신의 위치를 보장받을 수 있는데, 그것마저 포기를 해야 한다는 말에 급기야 화가 나기 시작했다.

그리고 자신이 이 지경으로 만든 만수파를 그냥 둘 수가 없었다.

"만수파 두목이란 놈을 잡아 와!"

"알겠습니다."

진도 이번 일이 얼마나 중요한 일인지 너무도 잘 알고 있었기에 평소라면 권문갑의 명령을 막았을 것이지만 지금은 권문갑뿐 아니라 자신의 안전도 장담할 수 없기에 그의 말마따나 대범파의 구역을 차지한 만수파의 두목이라도 잡아다 대범파가 못 다한 거래를 해야만 했다.

진은 지부에 있는 조직원 10명을 데리고 만수파가 있는 강남으로 차를 몰았다.

◈　　◈　　◈

"하하하하!"

만수파의 본거지인 샹그릴라 호텔 사장실에는 많은 사람들이 모여 떠들고 있었다.

웃음소리가 밖에까지 들리는 것을 보면 안에 있는 사람들의 기분이 무척이나 좋은 듯했다.

"우리가 대범파까지 먹게 되다니…… 이게 꿈인지 생시인지 모르겠습니다."

"그러게 말입니다. 역시 회장님이십니다. 어떻게 그 짧은 시간에……."

"그러게 말이야! 그런데 회장님 뒤에 있던 자들은 누구지?"

만수파의 간부들은 성환이 대범파를 정리하고 그들의 구역을 자신들에게 일임을 하자 이렇게 사장실에 모여 떠들고 있는 중이었다.

진짜 성환이 처음 신입 사장인 최진혁과 함께 나타났을 때만 해도 젊은 놈이 엉뚱한 짓을 한다는 생각을 했다.

그런데 나중에 어리다 생각했던 성환이 자신들과 비슷한 연배이며, 또 엄청난 능력자란 것을 알았을 땐 경악을 했다.

뿐만 아니라 갑자기 들이닥친 배신자들을 맞이해 혼자 100명이 넘는 인원을 제압했을 땐 두려운 생각마저 들었다.

감히 인간이라고 생각지 못할 무력은 아름답기까지 했다.

피 흘리며 쓰러지는 상대의 모습까지 아름답게 보이게 만드는 그 능력이 너무도 두려웠다.

아무튼 그런 일이 있고, 조직이 안정화되며 자신들 보다 거대 조직인 진원파를 합병한 다음, 자신들을 도발했던 백곰파와 진원파에 버금가는 신호남파의 연합을 분쇄하는 한편, 이번에는 국내 최고라 알려진 대범파를 쓸어버렸다.

그리고 그에 그치지 않고 이번에는 동대문파와 미진했던 신호남파를 완벽하게 처리했다.

이로써 만수파는 명실상부한 대한민국 최대의 조직이 되었다.

물론 동대문과 송파는 겉으로는 작두와 백곰 우형준이

이어받는 모습이겠지만, 어찌 되었든 자신들은 강남과 강북, 서울을 가장 노른자위를 차지하게 되었다.

이는 명실상부한 최고의 위치에 오른 것이다.

이제는 감히 다른 조직의 도전을 불허할 정도의 덩치를 가지게 되었다.

이런 생각 때문에 간부들은 여간 신나는 것이 아니다.

예전과는 다르겠지만 일단 조직의 관할이 넓어졌으니 수입이 배로 늘어날 것이다.

그 말은 다르게 말하면 자신들의 수입이 늘어나는 것이다.

"나가지. 오늘은 마음 껏 마셔 보자고!"

최진혁의 말에 떠들던 간부들은 자리에서 일어나 밖으로 나가기 시작했다.

대범파 일도 마무리했고, 또 참고인 조사로 검찰에도 출두해 조사를 받았다.

하지만 이렇다 할 증거가 없기에 풀려난 최진혁은 대범파의 구역까지 차지한 기념으로 오늘은 간부들과 한잔하기로 했다.

❖　　❖　　❖

최진혁과 만수파 간부들이 자신들이 운영하는 업소로 들

어갔다.

그런데 그런 그들을 지켜보는 시선이 있었다.

9인승 승합차에 타고 있는 그들은 차 안에서 숨죽이며 만수파의 간부들이 가게 안으로 들어가는 것을 지켜보았다.

"준비해라."

"예."

가게에서 반대편으로 내린 그들의 손에는 알루미늄 배트와 손도끼가 들려 있었다.

이들의 정체는 진혁을 잡기 위한 금련방의 조직원들이었다.

지부장인 권문갑의 지시에 따라 부지부장인 진과 함께 나온 이들은 들고 있던 무기를 숨기며 만수파의 간부들이 들어간 가게로 접근했다.

"오늘은 영업을 하지 않습니다."

이들이 접근을 하자 가게 입구에 서 있던 만수파 조직원이 정중하게 이들을 제지했다.

하지만 이들의 목적은 술을 마시는 것이 아니라 그들의 제지를 무시했다.

"쳐라!"

"와!"

갑자기 사내들이 단체로 몰려드는 모습에 만수파 조직원은 당황했다.

"도망쳐!"

당황하던 조직원 중 한 명이 도망치라는 소리를 하였다.

그 소리에 정신을 차린 만수파 조직원들은 얼른 뒤돌아가게 안으로 들어가 문을 잠갔다.

그런 모습에 진을 따라온 금련방 조직원은 차분하게 입구에 도착해 들고 있던 도끼를 휘두르며 문을 내려찍었다.

〈『코리아갓파더』 제6권에서 계속〉